AF093917

www.ingramcontent.com/pod-product-compliance
Lightning Source LLC
LaVergne TN
LVHW010600070526
838199LV00063BA/5026
* 9 7 8 9 3 5 8 7 2 6 3 0 5 *

قرۃ العین حیدر کے چار یادگار افسانے

قرۃ العین حیدر

© Taemeer Publications LLC

Qurratulain Hyder ke chaar yaadgaar Afsaney
by: Qurratulain Hyder
Edition: October '2023
Publisher & Printer:
Taemeer Publications LLC (Michigan, USA   Hyderabad, India)

ISBN 978-93-5872-630-5

مصنف یاناشر کی پیشگی اجازت کے بغیر اس کتاب کا کوئی بھی حصہ کسی بھی شکل میں بشمول ویب سائٹ پر اَپ لوڈنگ کے لیے استعمال نہ کیا جائے۔ نیز اس کتاب پر کسی بھی قسم کے تنازع کو نمٹانے کا اختیار صرف حیدرآباد (تلنگانہ) کی عدلیہ کو ہو گا۔

© تعمیر پبلی کیشنز

کتاب	:	**قرۃ العین حیدر کے چار یادگار افسانے**
مصنف	:	**قرۃ العین حیدر**
صنف	:	فکشن
ناشر	:	تعمیر پبلی کیشنز (حیدرآباد، انڈیا)
سالِ اشاعت	:	۲۰۲۳ء
صفحات	:	۸۸
سرورق ڈیزائن	:	تعمیر ویب ڈیزائن

فہرست

(۱)	ستاروں سے آگے	6
(۲)	پرواز کے بعد	14
(۳)	مونالیزا	33
(۴)	نظّارہ درمیاں ہے	73

(۱) ستاروں سے آگے

کرتار سنگھ نے اونچی آواز میں ایک اور گیت گانا شروع کر دیا۔ وہ بہت دیر سے ماہیا الاپ رہا تھا جس کو سنتے سنتے حمیدہ کرتار سنگھ کی پنکج جیسی تانوں سے، اس کی خوبصورت داڑھی سے، ساری کائنات سے اب اس شدت کے ساتھ بیزار ہو چکی تھی کہ اسے خوف ہو چلا تھا کہ کہیں وہ سچ مچ اس خواہ مخواہ کی نفرت و بیزاری کا اعلان نہ کر بیٹھے اور کامریڈ کرتار ایسا سویٹ ہے فوراً برامان جائے گا۔ آج کے پیچ میں اگر وہ شامل نہ ہوتا تو باقی کے ساتھی تو اس قدر سنجیدگی کے موڈ میں تھے کہ حمیدہ کو زندگی سے اکتا کر خودکشی کر جاتی۔ کرتار سنگھ گڈو گراموفون تک ساتھ اٹھالایا تھا۔ ملکہ پکھراج کا ایک ریکارڈ تو کیمپ ہی میں ٹوٹ چکا تھا، لیکن خیر۔

حمیدہ اپنی سرخ کنارے والی ساری کے آنچل کو شانوں کے گرد بہت احتیاط سے لپیٹ کر ذرا اور اوپر کو ہو کے بیٹھ گئی جیسے کامریڈ کرتار سنگھ کے ماہیا کو بے حد دلچسپی سے سن رہی ہے لیکن نہ معلوم کیسی الٹی پلٹی الجھی الجھی بے تکی باتیں اس وقت اس کے دماغ میں گھسی آرہی تھیں۔ وہ "جاگ سوزِ عشق جاگ" والا بیچارہ ریکارڈ شکنتلا نے توڑ دیا تھا۔

"افوہ بھئی۔" بیل گاڑی کے ہچکولوں سے اس کے سر میں ہلکا ہلکا درد ہونے لگا اور ابھی کتنے بہت سے کام کرنے کو پڑے تھے۔ پورے گاؤں کو ہیضے کے ٹیکے لگانے کو پڑے تھے۔ "توبہ!" کامریڈ صبیح الدین کے گھونگریالے بالوں کے سر کے نیچے رکھے ہوئے دواؤں کے بکس میں سے نکل کے دواؤں کی تیز بو سیدھی اس کے دماغ میں پہنچ رہی تھی اور اسے مستقل طور پر یاد دلائے جارہی تھی کہ زندگی واقعی بہت تلخ اور ناگوار

ہے۔۔۔ ایک گھسا ہوا، بیکار اور فالتو سا ریکارڈ جس میں سے سوئی کی ٹھیس لگتے ہی وہی مدھم اور لرزتی ہوئی تانیں بلند ہو جاتی تھیں جو نغمے کی لہروں میں قید رہتے رہتے تھک چکی تھیں۔ اگر اس ریکارڈ کو، جو مدتوں سے ریڈیو گرام کے نچلے خانے میں تازہ ترین البم کے نیچے دبا پڑا تھا، زور سے زمین پر پٹخ دیا جاتا تو حمیدہ خوشی سے ناچ اٹھی۔ کتنی بہت سی ایسی چیزیں تھیں جو وہ چاہتی تھی کہ دنیا میں نہ ہوتیں تو کیسا مزہ رہتا۔۔۔ اور اس وقت تو ایسا لگا جیسے سچ مچ اس نے "I dream I dwell in marble halls." والے گھسے ہوئے ریکارڈ کو فرش پر پٹخ کے ٹکڑے ٹکڑے کر دیا ہے اور جھک کر اس کی کرچیں چنتے ہوئے اسے بہت ہی لطف آ رہا ہے۔ عنابی موزیک کے اس فرش پر، جس پر ایک دفعہ ایک ہلکے پھلکے فوکس ٹروٹ میں بہتے ہوئے اس نے سوچا تھا کہ بس زندگی سمٹ سمٹا کے اس چمکیلی سطح، ان زرد پردوں کی رومان آفرین سلوٹوں اور دیواروں میں سے جھانکتی ہوئی ان مدھم برقی روشنیوں کے خواب آور دھندلکے میں سما گئی ہے، یہ تپش انگیز جازیونہی بجتا رہے گا، اندھیرے کونوں میں رکھے ہوئے سیاہی مائل سبز فرن کی ڈالیاں ہوا کے ہلکے ہلکے جھونکوں میں اس طرح ہچکولے کھاتی رہیں گی اور ریڈیو گرام پر ہمیشہ پولکا اور رمبا کے نئے نئے ریکارڈ لگتے جائیں گے۔ یہ تھوڑا ہی ممکن ہے کہ جو باتیں اسے قطعی پسند نہیں وہ بس ہوتی ہی چلی جائیں۔۔۔ ریکارڈ گھستے جائیں اور ٹوٹتے جائیں۔

۔۔۔ لیکن یہ ریکارڈوں کا فلسفہ کیا ہے آخر؟ حمیدہ کو ہنسی آگئی۔ اس نے جلدی سے کرتار سنگھ کی طرف دیکھا۔ کہیں وہ یہ نہ سمجھ لے کہ وہ اس کے گانے پر ہنس رہی ہے۔

کامریڈ کرتار گائے جا رہا تھا۔ "وس وس وے ڈھولنا۔۔۔" اف! یہ پنجابی کے کے بعض الفاظ کس قدر بھونڈے ہوتے ہیں۔ حمیدہ ایک ہی طریقے سے بیٹھے بیٹھے تھک کے بانس کے سہارے آگے کی طرف جھک گئی۔ بہتی ہوئی ہوا میں اس کا سرخ آنچل

پھڑپھڑائے جا رہا تھا۔

اسے معلوم تھا کہ اسے چمپئی رنگ کی ساری بہت سوٹ کرتی ہے۔ اس کے ساتھ کے سب لڑکے کہا کرتے تھے اگر اس کی آنکھیں ذرا اور سیاہ اور ہونٹ ذرا اور پتلے ہوتے تو ایشیائی حسن کا بہترین نمونہ بن جاتی۔ یہ لڑکے عورتوں کے حسن کے کتنے قدردان ہوتے ہیں۔ یونیورسٹی میں ہر سال کس قدر چھان بین اور تفصیلات کے مکمل جائزے کے بعد لڑکیوں کو خطاب دئے جاتے تھے اور جب نوٹس بورڈ پر سالِ نو کے اعزازات کی فہرست لگتی تھی تو لڑکیاں کیسی بے نیازی اور خفگی کا اظہار کرتی ہوئی اس کی طرف نظر کئے بغیر کوریڈور میں سے گزر جاتی تھیں۔ کمبخت سوچ سوچ کے کیسے مناسب نام ایجاد کرتے تھے۔ "عمر خیام کی رباعی"، "دہرہ ایکسپریس"، "بال آف فائر"، "It's Love I'm after"، "نقوشِ چغتائی"، بلڈ بنک"۔

گاڑی دھچکے کھاتی چلی جا رہی تھی۔ "کیا بجا ہوگا کامریڈ؟" گاڑی کے پچھلے حصے میں سے منظور نے جمائی لے کر جتندر سے پوچھا۔

"ساڑھے چار۔ ابھی ہمیں چلتے ہوئے ایک گھنٹہ بھی نہیں گزرا۔" جتندر اپنا چارخانہ کوٹ گاڑی بان کے پاس پرال پر بچھائے، کہنی پر سر رکھے چپ چاپ پڑا تھا۔ شکنتلا بھی شاید سونے لگی تھی حالانکہ وہ بہت دیر سے اس کوشش میں مصروف تھی کہ بس ستاروں کو دیکھتی رہے۔ وہ اپنے پیر ذرا اور نہ سکیڑتی لیکن پاس کی جگہ کامریڈ کرتار نے گھیر رکھی تھی۔ شکنتلا بار بار خود کو یاد دلا رہی تھی کہ اس کی آنکھوں میں اتنی سی بھی نیند نہیں گھسنی چاہئے۔ ذرا ویسی یعنی نامناسب سی بات ہے، لیکن دھان کے کھیتوں اور گھنے باغوں کے اوپر سے آتی ہوئی ہوا میں کافی خنکی آ چلی تھی اور ستارے مدھم پڑتے جا رہے تھے۔ "بس بس وے ڈھولنا۔" اور اب کرتار سنگھ کا جی بے تحاشا چاہ رہا تھا کہ اپنا صافہ اتار کر ایک

طرف ڈال دے اور ہوا میں ہاتھ پھیلا کے ایک ایسی زور دار انگڑائی لے کہ اس کی ساری تھکن، کوفت اور درماندگی ہمیشہ ہمیشہ کے لئے کہیں کھو جائے یا صرف چند لمحوں کے لئے دوبارہ وہی انسان بن جائے جو کبھی جہلم کے سنہرے پانیوں میں چاند کو ہلکورے کھاتا دیکھ کر امر جیت کے ساتھ پنکج کی سی تانیں اڑایا کرتا تھا۔ یہ لمحے، جب کہ تاروں کی بھیگی بھیگی چھاؤں میں بیل گاڑی کچی سڑک پر گھسٹتی ہوئی آگے بڑھتی جارہی تھی اور جب کہ سارے ساتھیوں کے دلوں میں ایک بیمار سا احساس منڈلا رہا تھا کہ پارٹی میں کام کرنے کا آتشیں جوش و خروش کب کا بجھ چکا تھا۔

ہوا کا ایک بھاری سا جھونکا گاڑی کے اوپر سے گزر گیا اور صبیح الدین اور جتندر کے بال ہوا میں لہرانے لگے لیکن کرتار سنگھ لیڈیز کی موجودگی میں اپنا صافہ کیسے اتارتا؟ اس نے ایک لمبا سانس لے کر دواؤں کے بکس پر سر ٹیک دیا اور ستاروں کو تکنے لگا۔ ایک دفعہ شکنتلا نے اس سے کہا تھا کہ کامریڈ تم اپنی داڑھی کے باوجود کافی ڈیشنگ لگتے ہو اور یہ کہ اگر تم ائیر فورس میں چلے جاؤ تو اور بھی killing لگنے لگو۔ اف یہ لڑکیاں!

"کامریڈ سگریٹ لو۔" صبیح الدین نے اپنا سگریٹوں کا ڈبہ منظور کی طرف پھینک دیا۔ جتندر اور منظور نے ماچس کے اوپر جھک کے سگریٹ سلگائے اور پھر اپنے اپنے خیالوں میں کھو گئے۔ صبیح الدین ہمیشہ عبد اللہ اور کریون اے پیا کرتا تھا۔ عبد اللہ اب تو ملتا بھی نہیں۔ صبیح الدین ویسے بھی بہت ہی رئیسانہ خیالات کا مالک تھا۔ اس کا باپ تو ایک بہت بڑا تعلقہ دار تھا۔ اس کا نام کتنا اسمارٹ اور خوبصورت تھا۔ صبیح الدین احمد۔۔۔ مخدوم زادہ راجہ صبیح الدین احمد خاں! افوہ! اس کے پاس دو بڑی چمکدار موٹریں تھیں۔ ایک موریس اور ایک ڈی۔ کے۔ ڈبلیو لیکن کنگ جارجز سے نکلتے ہی آئی ایم ایس میں جانے کی بجائے وہ پارٹی کا ایک سر گرم ورکر بن گیا۔ حمیدہ ایسے آدمیوں کو

بہت پسند کرتی تھی۔ آئیڈیل قسم کے لیکن اگر صبیح الدین اپنی موریس کے اسٹیئرنگ پر ایک بازو رکھ کے اور جھک کے اس سے کہتا کہ حمیدہ مجھے تمہاری سیاہ آنکھیں بہت اچھی لگتی ہیں ، بہت ہی زیادہ۔۔۔ تو یقیناً اسے ایک زور دار تھپڑ رسید کرتی۔

"ہونہہ۔۔۔۔ دیز ایڈیئیٹس!" صابن کے رنگین بلبلے!

کرتار سنگھ خاموش تھا۔ سگریٹ کی گرمی نے منظور کی تھکن اور افسردگی ذرا دور کر دی تھی۔ ہوا میں زیادہ ٹھنڈک آچکی تھی۔۔

جتندر نے اپنا چارخانہ کوٹ کندھوں پر ڈال لیا اور پرانی پرال میں ٹانگیں گھسادیں۔ منظور کو کھانسی اٹھنے لگی۔ "کامریڈ تم کو اتنے زیادہ سگریٹ نہیں پینے چاہئیں۔" شکنتلا نے ہمدردی کے ساتھ کہا۔ منظور نے اپنے مخصوص انداز سے زبان پر سے تمباکو کی پتی ہٹائی اور سگریٹ کی راکھ نیچے جھٹک کر دور باجرے کی لہراتی ہوئی بالیوں کے پرے افق کی سیاہ لکیر کو دیکھنے لگا۔۔۔۔ یہ لڑکیاں! طلعت کیسی فکرمندی کے ساتھ کہا کرتا تھا۔ "منظور! تمہیں سردیوں میں ٹانک استعمال کرنے چاہئیں۔ اسکاٹس ایملشن یا ریڈیو مالٹ یا آسٹو مالٹ۔۔۔ طلعت، ایرانی بلی! پہلی مرتبہ جب بوٹ کلب Regatta میں ملی تھی تو اس نے "اوہ گوش! تو آپ جرنلسٹ ہیں۔۔۔ اور اوپر سے کمیونسٹ بھی۔ افوہ!" اس انداز سے کہا تھا کہ ہیڈی لیماری بھی رشک کرتی۔ پھر مرمریں ستون کے پاس، پام کے پتوں کے نیچے بیٹھا دیکھ لیا تھا اور اس کی طرف آئی تھی۔۔۔ کتنی ہمدرد۔۔۔ یقیناً۔ اس نے پوچھا تھا:"

"ہیلو چائلڈ۔ ہاؤ از لائف؟"

Ask me another منظور نے کہا تھا۔

"اللہ! لیکن یہ تم سب کا آخر کیا ہوگا"۔ فکرِ جہاں کھائے جارہی ہے۔ مرے جارہے

ہیں۔ سچ مچ تمہارے چہروں پر تو نحوست ٹپکنے لگی ہے۔ کہاں کا پروگرام ہے؟ مسوری چلتے ہو؟ پر لطف سیزن رہے گا اب کی دفعہ۔ بنگال؟ ارے ہاں، بنگال۔ تو ٹھیک ہے۔ ہاں میری بہترین خواہشیں اور دعائیں تمہارے ساتھ ہیں۔ پکچر چلوگے۔ "جین آئر" اس قدر غضب کی ہے گوش!" پھر وہ چلی گئی۔ پیچھے کافی کی مشین کا ہلکا ہلکا شور اسی طرح جاری رہا اور دیواروں کی سبز روغنی سطح پر آنے جانے والوں کی پرچھائیں رقص کرتی رہیں اور پھر کلکتے آنے سے ایک روز قبل منظور نے سنا کہ وہ اصغر سے کہہ رہی تھی۔ "ہونہہ۔۔۔۔ منظور؟"

صبیح الدین ہلکے ہلکے گنگنا تا رہا تھا۔ کہو تو ستاروں کی شمعیں بجھا دیں، ستاروں کی شمعیں بجھا دیں۔ یقیناً بس کہنے کی دیر ہے۔ حمیدہ کے ہونٹوں پر ایک تلخ سی مسکراہٹ بکھر کے رہ گئی۔ دور دریا کے پل پر گھڑ گھڑاتی ہوئی ٹرین گزر رہی تھی۔ اس کے ساتھ ساتھ روشنیوں کا عکس پانی میں ناچتا رہا، جیسے ایک بلوری میز پر رکھے ہوئے چاندی کے شمع دان جگمگا اٹھیں۔ چاندی کے شمع دان اور انگوروں کی بیل سے چھپی ہوئی بالکونی، آئس کریم کے پیالے ایک دوسرے سے ٹکرا رہے تھے اور برقی پنکھے تیزی سے چل رہے تھے۔ پیانوں پر بیٹھی ہوئی وہ اپنے آپ کو کس طرح طربیہ کی ہیروئن سمجھنے پر مجبور ہو گئی تھی۔

Little Sir Echo how do you do Hell hello wont you "
".come over and dance with me

پھر رافی اسٹیئرنگ پر ایک بازو رکھ کر رابرٹ ٹائیلر کے انداز سے کہتا تھا۔ "حمیدہ تمہاری یہ سیاہ آنکھیں مجھے بہت پسند ہیں۔۔۔۔ بہت ہی زیادہ" یہ بہت ہی زیادہ" حمیدہ کے لئے کیا نہ تھا؟ اور جب وہ سیدھی سڑک پر پینتالیس کی رفتار سے کار چھوڑ کر وہی

"I dreamed well in marble halls"

گانا شروع کر دیتا تو حمیدہ یہ سوچ کر کتنی خوش ہوتی اور کچھ فخر محسوس ہوتا کہ رافے کی ماں موزارٹ کی ہم وطن ہے۔۔۔ آسٹرین۔ اس کی نیلی چھلکتی ہوئی آنکھیں، اس کے نارنجی بال۔۔۔ اف اللہ! اور کسی گھنے ناشپاتی کے درخت کے سائے میں کار ٹھہر جاتی اور حمیدہ جام کا ڈبہ کھولتے ہوئے سوچتی کہ بس میں بسکٹوں میں جام لگاتی ہوں گی۔ رافی انہیں کترتا رہے گا۔ اس کی بیوک پینتالیس کی رفتار پر چلتی جائے گی اور یہ چناروں سے گھری ہوئی سڑک کبھی ختم نہ ہو گی۔ لیکن ستاروں کی شمعیں آپ سے آپ بجھ گئیں۔ اندھیرا چھا گیا اور اندھیرے میں بیل گاڑی کی لالٹین کی بیمار روشنی ٹمٹما رہی تھی۔

ہو لالا لا۔۔۔ دور کسی کھیت کے کنارے ایک کمزور سے کسان نے اپنی پوری طاقت سے چڑیوں کو ڈرانے کے لئے ہانک لگائی۔ گاڑی بان اپنے مریل بیلوں کی دمیں مروڑ مروڑ کر انہیں گالیاں دے رہا تھا اور منظور کی کھانسی اب تک نہ رکی تھی۔۔

حمیدہ نے اوپر دیکھا۔ شبنم آلود دھندلکے میں چھپے ہوئے افق پر ہلکی ہلکی سفیدی پھیلنی شروع ہو گئی تھی کہیں دور کی مسجد میں سے اذان کی تھرائی ہوئی صدا بلند ہو رہی تھی۔ حمیدہ سنبھل کر بیٹھ گئی اور غیر ارادی طور پر آنچل سے سر ڈھک لیا۔ جتندر اپنے چار خانہ کوٹ کا تکیہ بنائے شاید لیٹن کوارٹر اور سوسو کے خواب دیکھ رہا تھا۔ مائیرا، ڈونا مائیرا۔ حمیدہ کی ساری کے آنچل کی سرخ دھاریاں اس کی نیم وا آنکھوں کے سامنے لہرا رہی تھیں۔ یہ سرخیاں، یہ تپتے ہوئے مہیب شعلے، جن کی جلتی ہوئی تیز روشنی آنکھوں میں گھس جاتی تھی اور جن کے لرزتے کپکپاتے سایوں کے پس منظر میں گرم گرم راکھ کے ڈھیر رات کے اڑتے ہوئے سناٹے میں اس کے دل کو اپنے بوجھ سے دبائے ڈال رہے تھے۔ مائیرا، اس کے نقرئی قہقہے، اس کا گٹار، اکھڑی ہوئی ریل کی پٹڑیاں اور ٹوٹے ہوئے

کھمبے۔ سانتا کلاؤڈ کا وہ چھوٹا سا ریلوے اسٹیشن جس کے خوبصورت پلیٹ فارم پر ایک اتوار کو اس نے سرخ اور زرد گلاب کے پھول خریدے تھے۔ وہ لطیف سا، رنگین سا سکون جو اسے مائیرا کے تاریخی بالوں کے ڈھیر میں ان سرخ شگوفوں کو دیکھ کے حاصل ہوتا تھا۔ وہ تھک کے گٹار سبزے پر ایک طرف پھینک دیتی تھی اور اسے محسوس ہوتا تھا کہ ساری کائنات سرخ گلاب اور ستارہ ہائے سحری کی کلیوں کا ایک بڑا سا ڈھیر ہے۔ لیکن تاکستانوں میں گھرے ہوئے اس ریلوے اسٹیشن کے پرخچے اڑ گئے اور طیاروں کی گڑگڑاہٹ اور طیارہ شکن توپوں کی گرج میں شوبرٹ۔۔۔ "Rose monde" کی لہریں اور گٹار کی رسیلی گونج کہیں بہت دور فیڈ آوٹ ہو گئی اور حمیدہ کا آنچل صبح کی ٹھنڈی ہوا میں پھٹپھٹاتا رہا، اس سرخ پرچم کی طرح جسے بلند رکھنے کے لئے جدوجہد اور کشمکش کرتے کرتے وہ تھک چکا تھا، اکتا چکا تھا۔ اس نے آنکھیں بند کر لیں۔

"سگریٹ لو بھئی۔" صبیح الدین نے منظور کو آواز دی۔

"اب کیا بج کیا ہو گا؟" شکنتلا بہت دیر سے زیر لب بھیرو کا "جاگو موہن پیارے" گنگنا رہی تھی۔ حمیدہ سڑک کی ریکھائیں گن رہی تھی اور کرتار سنگھ سوچ رہا تھا کہ "وس وس وے ڈھولنا" پھر سے شروع کر دے۔

گاؤں ابھی بہت دور تھا۔

(۲) پرواز کے بعد

جیسے کہیں خواب میں جنجر راجرز یا ڈائناڈربن کی آواز میں ''سان فرینڈو ویلی'' کا نغمہ گایا جارہا ہو اور پھر ایک دم سے آنکھ کھل جائے۔ یعنی وہ کچھ ایسا سا تھا جیسے مائیکل اینجلو نے ایک تصویر کو مکمل کرتے کرتے اکتا کر یوں ہی چھوڑ دیا ہو اور خود کسی زیادہ دلچسپ موڈل کی طرف متوجہ ہو گیا ہو، لیکن پھر بھی اس کی سنجیدہ سی ہنسی کہہ رہی تھی کہ بھئی میں ایسا ہوں کہ دنیا کے سارے مصور اور سارے سنگ تراش اپنی پوری کوشش کے باوجود مجھ جیسا شاہکار نہیں بنا سکتے۔ چپکے چپکے مسکرائے جاؤ بے وقوفو! شاید تمھیں بعد میں افسوس کرنا پڑے۔

گرمی زیادہ ہوتی جارہی تھی۔ پام کے پتوں پر جو مالی نے اوپر سے پانی گرایا تھا تو گرد کہیں کہیں سے دھل گئی تھی اور کہیں کہیں اسی طرح باقی تھی۔ اور بھیگتی ہوئی رات کوشش کر رہی تھی کہ کچھ رومینٹک سی بن جائے۔ وہ بر فیلی لڑکی، جو ہمیشہ سفید غرارے اور سفید دوپٹے میں اپنے آپ کو سب سے بلند اور الگ سا محسوس کروانے پر مجبور کرتی تھی، بہت خاموشی سے ہکسلے کی ایک کتاب "پوائنٹ کاؤنٹر پوائنٹ" پڑھے جا رہی تھی جس کے ایک لفظ کا مطلب بھی اس کی سمجھ میں نہ ٹھنس سکا تھا۔

وہ لیمپ کی سفید روشنی میں اتنی زرد اور غمگین نظر آرہی تھی جیسے اس کے برگنڈی کیوٹکس کی ساری شیشیاں فرش پر گر کے ٹوٹ گئی ہوں یا اس کے فیڈو کو سخت زکام ہو گیا ہو۔۔ اور لگ رہا تھا جیسے ایک چھوٹے سے گلیشیر پر آفتاب کی کرنیں بکھر رہی ہیں۔

چنانچہ اس دوسری آتشیں لڑکی نے، جو سینئر بی۔ ایس۔ سی کی طالب علم ہونے کی

وجہ سے زیادہ پریکٹیکل تھی اور جو اس وقت برآمدے کے سبز جنگلے پر بیٹھی گملے میں سے ایک شاخ توڑ کر اس کی کمپاؤنڈ اور ڈبل کمپاؤنڈ پتیوں کے مطالعے میں مصروف تھی، اس برفیلی لڑکی کو یہ رائے دی تھی کہ اگر گرمی زیادہ ہے تو "پوائنٹ کاؤنٹر پوائنٹ" پڑھنے کے بجائے سو جاؤ یا پھر نئے ریفریجریٹر میں ٹھنس کر بیٹھ جاؤ، اس کا اثر دماغ کے لیے مفید ہو گا لیکن چونکہ یہ تجویز قطعی ناقابلِ عمل تھی اور کوئی دوسرا مشورہ اس سائنس کے طالب علم کے ذہن میں اس وقت نہیں آرہا تھا اس لیے وہ برفیلی لڑکی رخشندہ سلطانہ اسی طرح مکسلے سے دماغ لڑاتی رہی اور وہ آتشیں لڑکی شاہندہ بانو پیر ہلا ہلا کر ایک گیت گانے لگی جو اس نے فرسٹ اسٹینڈرڈ میں سیکھا تھا اور جس کا مطلب تھا کہ جب شاہ جارج کے سرخ لباس والے سپاہیوں کے گھوڑوں کے ٹاپوں کی آواز بازگشت ہماری پرانی اسکاٹسز پہاڑیوں کے سنّاٹے میں ڈوب جائے گی اور اپریل کے مہتاب کا طلائی بجرا موسم بہار کے آسمانوں کی نیلی لہروں میں تیرتا ہوا تمھارے باورچی خانے کی چمنی کے اوپر پہنچ جائے گا اس وقت تم وادی کے نشیب میں میرے گھوڑے کے ہنہنانے کی آواز سنو گی۔ اے سرائے کے مالک کی سیاہ آنکھوں اور سرخ لبوں والی بیٹی!

لیکن رات خاصی گرم ہوتی جارہی تھی اور ماہم کا ایک کونہ، جو سمندر میں دور تک نکلا چلا گیا تھا، اس پر ناریل کے جھنڈ کے پیچھے سے چاند طلوع ہو رہا تھا اور دور ایک جزیرے پر ایستادہ پرانے کیتھیڈرل میں گھنٹے کی گونج اور دعائے نیم شبی کی لہریں لرزاں تھیں اور اس وقت مائیکل اینجلو کے ادھورے سے شاہکار جم کو ایک بڑی عجیب سی ناقابلِ تشریح کوفت اور الجھن سی محسوس ہو رہی تھی جس کا تجزیہ وہ کسی طرح بھی نہ کر سکتا تھا۔ حالانکہ وہ مطمئن تھا کہ ایسے حادثے وہاں تقریباً روز شام کو ہو جاتے ہیں۔۔ پھر بھی وہ یک لخت بہت پریشان سا ہو گیا تھا۔

کیونکہ آج دوپہر اس کو بہت تلخی سے یہ احساس ہوا تھا کہ وہ مغرور، پھولے پھولے بالوں والی برفیلی سی لڑکی، جو ہر وقت اپنے مجسموں پر جھکی رہتی ہے، اوروں سے کس قدر زیادہ مختلف ہے۔ جب اس نے اس چھوٹے سے قد والی لڑکی سے، جس کی چھوٹی سی ناک پر بے اختیار پیار آجاتا تھا اور جسے وہ تھوڑی تھوڑی دیر بعد احتیاط سے پاؤڈر کرلیتی تھی اور جس کی بڑے سے گھیر کی زرد ٹوپی پر گہرے سبز شنائل کی ٹہنیوں سپندھے ہوئے چیری کے مصنوعی شگوفے سج رہے تھے، بے حد اخلاق کے لہجے میں پوچھا تھا کہ میرے ساتھ شام کو کھانا کھانے چلوگی تو اس نے جواب دیا تھا: "ہاں چلو۔" اور پھر وہ اس کے ساتھ ہلکے پھلکے قدموں سے زینہ طے کر نیچے سڑک پر آگئی تھی اور بس اسٹینڈ کی طرف بڑھتے ہوئے اس چھوٹی سی لڑکی نے جس کی طرح کی لڑکیاں اپالو بندر یا کناٹ پلیس میں تیزی سے ادھر ادھر جاتی نظر آتی ہیں، اس سے پوچھا تھا: "تم نے اسکول کب سے جوائن کیا ہے؟"

"ابھی ایک ٹرم بھی پوری نہیں ہوئی۔" "اور نام کیا ہے تمھارا؟"

"مگ۔۔ میگڈ یلین ڈی کوڈرا۔" "اور تمھارا؟"

"جم۔۔جمال۔۔جمال انور۔۔جو تم پسند کرو۔"

اور پھر وہ دونوں بس اسٹیشن کے مجمع میں رل مل گئے تھے اور ان کے جانے کے بعد برفیلی لڑکی اپنے بال پیچھے کو سمیٹ کر اپنے دن بھر کے کام کو غور سے دیکھتی ہوئی اپنی کار کے انتظار میں کلاس روم کی کھڑکی میں آکر کھڑی ہوگئی۔

اور وہ پیاری سی ناک والی مگ روز، شام کی طرح، خداوند خدا کی کنواری ماں کی تصویر کے آگے شمع روشن کرتے ہوئے سوچ رہی تھی کہ مجسموں میں اگر احساس زندگی پیدا ہو جائے تو بڑی مصیبت ہوتی ہے۔ اور پھر بھلا نتائج پر کون غور کرتا پھرے۔ طوفانی

لہروں کا ایک ریلا جو ساحلوں سے ٹکراتا پھر رہا تھا سیاہ آنکھوں والا فن کار کی گرم سانسوں نے اس سرد اور بے روح مجسمے میں جان ڈال دی تھی۔ گلیشیا کی طرح۔۔ لیکن یہ بہت پرانی بات تھی۔ کاش کارل مسل ٹو کے نیچے اس سے کبھی نہ ملتا۔ بیگ، جس نے اپنی عمران سرد مجسموں کی معیت میں گزار دی تھی جو اس کے چھوٹے سے قصبے کی خانقاہ کے بھورے پتھروں والے اندھیرے ہال اور دوسرے کمروں میں پھیلے پڑے تھے۔ برسوں سے ایک ہی طرح سینٹ اگنس، سینٹ فرانس اور سینٹ جارج۔۔ زندگی منجمد پتھروں کا ایک ڈھیر تھی اور پیدا ہونے کے جرم کی پاداش، Ave Maria کی خوابیدہ موسیقی کی کتاب کا نیلا ربن۔۔ پر بہت پرانی بات تھی یہ۔

پھر اس کی آنکھیں نیورلیجیا کے شدید درد سے بند ہونے لگیں اور وہ اپنے ننھے سے سفید پلنگ پر گر گئی۔ کارل اور اس کا گتار، کارل کی رابرٹ ٹیلر جیسی ناک جس پر ایک شام روشن ایرانی نے غصے میں آکر ایک مکہ رسید کیا تھا۔ روشن ایرانی اور اعظم مسعود اور آفتاب، جم کے وہ تین بوہیمین قسم کے دوست جو دن بھر برٹش نیوز ایجنسی میں کام کرنے کے بعد شام کو پیانو بجا بجا کر شور مچایا کرتے تھے۔ پھر گیٹ وے آف انڈیا کی محرابوں کے وہ اندھیرے سائے، وہ ہسپانوی سرینیڈ۔

کلاس میں وہ بر فیلی لڑکی ایک آدھ بار بے پرواہی سے نظر اٹھا کر اسے دیکھتی اور پھر بڑی مصروفیت سے مجسمے پر جھک کر اس کے پیر تراشنے لگتی اور مائیکل اینجلو کے شاہکار کے اودے ہونٹوں پر ہلکی سی مسکراہٹ بکھر کے رہ جاتی۔

اور مئی کی بہت سی راتیں اسی طرح گزر گئیں۔

بولیوار کے درختوں کے سائے میں، کھلے آسمان اور چمکتے ستاروں کے نیچے، موسم گرما کا جشن منانے والے رخشندہ کو وہ سارے پرانے گیت یاد ☆ ولا تکا اظہار کرسکتی

ہوں، دعا دلائے دے رہے تھے جن کی دھنیں سنتے ہی اس کا دل ڈوب سا جاتا تھا۔ ٹارا لارا۔۔ ٹارا لارا جون پیل۔۔ روز ماری۔۔ گڈ نائٹ مائی لو۔۔ مرایا ایلینی۔۔ چاندنی میں ڈوبے ہوئے سمندری ریت کے ٹھنڈے ٹیلوں پر سے دوسرے ساتھیوں کے گیتوں کی آوازیں آرہی تھیں۔ ریت پر ٹہلتے ٹہلتے تھک کر رخشندہ کہنے لگی: "برج ماتا کیا ایسا نہیں ہو سکتا کہ ہم سب ایک دوسرے کو غمگین بنائے بغیر زندگی گزار سکیں اور سارے کام ہمیشہ ٹھیک ٹھیک ہوا کریں۔ دنیا کے یہ عقل مند لوگ۔۔"

رات خاموش ہوتی جارہی تھی۔ برج کو اس سمے خیال آیا کہ اس نے ایک فلم میں، شاید "بلڈ اینڈ سینڈ" میں، ایک بے حد پیارا جملہ سنا تھا جو اس کو اب تک یاد تھا:

Madam, walking along in life with you has been a "

"gracious time

رخشندہ اس کے ساتھ آہستہ آہستہ چل رہی تھی اور ان کے قدموں کے نشان ریت پر ان کے پیچھے پیچھے بنتے جارہے تھے اور بحیرۂ عرب کی نیلی نیلی ٹھنڈی موجیں ان کی جانب بڑھ رہی تھیں۔ رخشندہ رانی، چاند ہنس رہا ہے، تم بھی مسکرادو۔۔

اوہ انکل ٹوبی۔۔ تم اتنے اچھے سے ہو۔ میں سچ مچ بے انتہا بے وقوف ہو گئی ہوں۔ کیونکہ اس نے سنا تھا کہ اس کا ہونے والا منگیتر ممبئ اسکول آف اکنومکس سے ڈگری لینے کے بعد گھر واپس جانے کے بجائے یہاں صرف اس لیے رہتا ہے کیونکہ یہاں اس کی ایک کیپ موجود ہے اور وہ ڈرنک بھی کرتا ہے اور موسم گرما کی چاندنی راتوں میں اپنے بوہیمین دوستوں کے ساتھ اپنی سرخ گرجتی ہوئی کار میں ورسووا اور جوہو کی سڑکوں پر مارامارا پھرتا ہے۔۔ اور آتشیں لڑکی نے چلا کر کہا تھا: اوہ تم کیسی پاگل ہو۔ اوہ خدا۔۔

اوہ خدا۔۔ وہ کیسے دن تھے۔۔ وہ کیا زمانہ تھا۔ انیس بیس سے لے کر چوبیس پچیس

سال تک کی وہ عمریں۔۔ ذرا ذرا سی بات، معمولی سے واقعات، جذبات کی لہریں، بڑی زبردست ٹریجڈی یا کامیڈی یا میلوڈراما معلوم ہوتی تھیں۔ وہ چاروں دوست ایک دوسرے کے خیالات و افکار، دکھ سکھ اور محبتوں کے شریک۔ مہینے کے آخر میں رومن رولاں یا شاکی کتابیں خریدنے کے لیے اپنا فاؤنٹین پن بیچنے کو تیار۔ مگ کی حفاظت اور عزت کی خاطر کارل کی دل کش ناک پر مکہ رسید کرنے کو مستعد۔ شام کو مادرِ مقدس کی تصویر کے سامنے شمع جلانے کے بعد مگ ان کے لیے چائے تیار کرتی۔ ان کے اور بہت سے دوست آتے اور وہ سب دیوان پر، صوفے پر، قالینوں پر بیٹھ کر مصری تمباکو کا دھواں اڑاتے ہوئے جانے کیا کیا باتیں کرتے رہتے۔۔ لمبی لمبی بحثیں اور تنقیدیں جن کو وہ بالکل نہ سمجھ سکتی۔

آسکر وائلڈ کی زندگی، ڈی۔ ایچ۔ لارنس، لیگی وزارتوں کی چپقلش، ریڈ اسٹار اور رشیا، بنگال، خدا اور مذہب۔۔ اور اکثر وہ جوش میں آکر ایسی ایسی باتیں کہہ جاتے کہ وہ خوف سے لرز اٹھتی اور مریم کی طرف عفو طلب نگاہیں اٹھا دیتی۔ پھر کوئی چیز ان کی مرضی کے خلاف ہو جاتی تو وہ اسے ڈانٹ دیتے تھے۔ مہینہ ختم ہونے سے بہت پہلے اگر پٹرول کے کوپن تمام ہو جائے یا بار بار ری ٹچنگ کرنے پر بھی کوئی تصویر درست نہ ہو سکتی یا فلیٹ کا کرایہ ادا کرنے سے قبل ہی پکنکوں اور سینما کے ٹکٹوں پر سارا روپیہ ختم ہو جاتا تو وہ چاروں فوراً اپنے آپ کو wrecks of life سمجھنے پر مستعد ہو جاتے اور یہ سوچ سوچ کر خوش ہوتے کہ وہ فن کار ہیں اس لیے زندگی کے ان زبردست مصائب میں گرفتار ہیں —اور مگ کو ان کے بچپن پر پیار آجاتا۔

۔۔ او میگڈلین۔۔ او موسم گل کے نیلے پرندو۔۔

بحیرۂ عرب سے اٹھنے والے بھاری بھاری بادل 23 کالج روڈ، ماٹنگا کے اس فلیٹ کی

جانب اڑتے چلے آ رہے تھے جس کے نیچے ایک سیاہ بیوک آ کر رکی۔ اور زینے طے کرنے کے بعد دروازے پر پہنچ کر کسی نے زور سے گھنٹی بجائی اور چمکیلے پتھروں سے سجی ہوئی دو شان دار خواتین اندر آ کر صوفے پر اس طرح بیٹھ گئیں گویا ایسا کرنے کا انھیں پورا پورا حق حاصل تھا۔ تین دوست گھبرا کر تعظیماً اٹھ کھڑے ہوئے۔ اور پھر کمرے میں ایک عجیب حساس سی خاموشی طاری ہو گئی۔ کھڑکیوں کے باہر بادل آہستہ آہستہ گرج رہے تھے۔

"آپ جمال انور احمد کے دوست ہیں نا؟" اس خاتون نے، جس کے اونچے اونچے ہالی ووڈ اسٹائل کے بال تھے، ساری کے آنچل کو بازو پر لپیٹتے ہوئے گہری آواز میں پوچھا۔ وہی ڈرامہ شروع ہونے والا تھا جو ایسے موقعوں پر آج تک ہزاروں مرتبہ کھیلا جا چکا ہے۔

"وہ عورت کون ہے جس کے ساتھ وہ یہاں رہتا ہے؟" دوسری، زیادہ فربہ خاتون نے سوال کیا۔ عورت۔۔ انھوں نے مگ کو ایک پیاری سی، معصوم سی، رنگین تصویر کے سوائے اور کسی زاویۂ نظر سے کبھی دیکھا ہی نہیں تھا۔

عورت۔۔ اس کے لیے بڑا بھونڈا لفظ تھ۔۔ وہ تو یاسمین کی کلیوں کا خواب تھی۔ بس وہ سوچنے لگے کہ ان شہزادیوں جیسی عالی شان خواتین سے کن الفاظ میں اور کس طریقے سے بات کریں۔ پہلی کم عمر خاتون نے یہ خیال کر کے کہ شاید یہ جرنلسٹ اور فن کار ضرورت سے زیادہ حساس ہوتے ہیں ذرا نرمی سے پوچھا:

"میرا مطلب ہے کہ وہ خاتون کون ہیں اور یہاں کب سے۔۔۔۔۔۔" مگ کے لیے "خاتون" "" کا لفظ بھی بڑا عجیب سا معلوم ہوا۔ مگ تو بس مگ تھی۔ یاسمین کی ایک بڑی سی کلی۔

"آپ انھیں جانتے ہیں؟"

"جی ہاں، بہت اچھی طرح سے۔"

"معلوم ہوا ہے کہ ایک مس میگڈلین ڈی کورڈ۔۔"

"جی۔۔جی ہاں درست بالکل۔۔جی۔۔"

وہ تینوں ایک دم پھر پریشان ہو گئے۔ معاف فرمایئے گا یہ۔۔یہ ہم کو نہیں معلوم۔"

"خوب۔۔اور انھیں آپ اچھی طرح سے جانتے ہیں۔"

"کیا یہ لڑکی کسی باعزت طبقے سے تعلق رکھتی ہے۔" دوسری خاتون نے بزرگانہ بلندی سے کہا۔

باعزت طبقہ۔۔مگ کے متعلق یہ ایک نیا انکشاف تھا جو پہلے ان کے دماغ میں کبھی نہ آیا تھا۔ ان تینوں میں سے ایک چپکے سے دیوان پر سے اٹھ کر پچھلے دروازے سے باہر نکل گیا۔

"باعزت۔۔ار۔۔دیکھیے اس لفظ کو مختلف معنوں میں لیا جاسکتا ہے۔۔ خصوصاً اس شہر کی سوسائٹی میں۔۔یعنی کہ۔۔ار۔۔"

اعظم مسعود سینٹ زیویر میں لاجک کا بہت اچھا طالب علم رہ چکا تھا۔ دل میں اس نے کہا کہ کم بخت جم کا بچہ خود تو غائب ہو گیا اور ہم اس مصیبت میں پھنس گئے۔ آنے دو گدھے کو۔

زینے کی طرف کا دروازہ آہستہ سے کھلا اور وہ اندر آئی۔ اور اس نے ان معزز مہمانوں کو ایک لحظے کے لیے غور سے دیکھا اور ذرا پیچھے کو ہٹ گئی۔

"آپ مس کورڈا ہیں؟ میرا مطلب ہے۔۔ معاف کیجیے گا ہم آپ کے گھر میں اس طرح بلا اجازت اور بغیر اطلاع آ گئے لیکن۔۔۔"

"مادموزیل آپ غلطی پر ہیں۔ یہ میرا گھر نہیں ہے۔ میرے پاس فرسٹ فلور پر

صرف ایک کمرہ ہے۔ میں ان لوگوں کے لیے چائے اور کھانا تیار کرنے یہاں آئی ہوں۔
"

اور ان دونوں اونچی خواتین نے اپنی بلندی پر سے جھک کر دیکھا کہ وہ محض ایک سفید فام باورچن ہے۔۔ یعنی یہ بڑی بڑی آنکھوں والی بھولی سی لڑکی۔۔ اسی کی طرح کی دوسری سفید فام یہودی اور اینگلو انڈین لڑکیوں میں سے ایک۔۔ اُف۔ نفرت کی پوٹ۔ گفتگو بہت طول کھینچ رہی تھی۔ بڑی خاتون نے صوفے پر سے اٹھتے ہوئے کہا:

"دیکھو لڑکی۔۔ کیا تم میرے لڑکے کو پسند کرتی ہو؟" کیسا بے وقوفی کا سوال تھا۔ اس نے سوچا، بھلا جم کو کون پسند نہیں کرے گا۔ اس نے اپنی بڑی بڑی آنکھیں بے ساختگی سے اوپر اٹھا کر پوچھا: "کیا جم خود آپ کو پسند نہیں؟"

"۔۔ اوہ۔۔ لیکن میری بچی جم تو خود میرا اپنا لڑکا ہے۔" کمرے میں پھر وہی عجیب سا سکوت چھا گیا۔

"اور مجھے پتا چلا ہے کہ میرا لڑکا تم سے شادی کرنے کو بھی تیار ہے۔۔ جانتی ہو اس کے کیا معنی ہیں۔۔ اور اس کا نتیجہ کیا ہو گا؟"

اوہ۔۔ او خد۔۔ اب تو یہ سب کچھ برداشت سے قطعی باہر تھ۔۔ روشن ایرانی بلّی کی طرح کشن ایک طرف پھینک کر دیوان پر سے کھڑا ہو گیا اور مگ کا ہاتھ پکڑ کر اسے گھسیٹتا ہوا دوسرے کمرے میں چلا گیا۔ جیسے قیمتی چمکیلے پتھروں میں سجی ہوئی ساڑھے تین سو اونچی اونچی باعزت خواتین چاروں طرف سے مگ پر حملہ کرنے والی تھیں۔ ہوا کے زور سے دروازوں کے پٹ بند ہو گئے۔ باہر بارش کے پہلے قطرے کھڑکی کے شیشیوں سے ٹکرا رہے تھے۔

۔۔ تم خوب صورت تصویریں بنا کر ان میں رنگ بھر دو اور وہ ہمیشہ ان تصویروں کی

اصلیت کا یقین کرتی رہے گی۔ تمھارا کام صرف یہی ہے کہ اس سے خوش نما، خوش گوار ستاروں کی باتیں کرتے رہو۔ اس کی ماں نے اسے بچپن میں بتایا تھا کہ شیطان کی اتنی لمبی دم ہے، اتنے بڑے سرخ کان ہیں، ایسے نوکیلے سینگ ہیں۔ وہ بہت ہی برا ہے اور دنیا جب بہت ہی بری جگہ بن گئی تو ایک طوفان آیا اور نوح، جو ایک بہت عمدہ انسان تھا، اپنے با عزت خاندان سمیت بچ رہ۔۔ اور پھر ابراہیم اور سلیمان اور داؤد اور موسیٰ۔۔ جو سب ایک سے ایک اچھے لوگ تھے۔۔ دنیا کو ٹھیک کرنے کے لیے آئے۔ خود خدا کو زمین پر آ کر جھیل کی سطح پر چلنا پڑ۔۔ وہ ان سب باتوں پر یقین رکھتی ہے۔ بالکل اسی طرح جیسے چھوٹے بچے اپنے نرسری کے قصوں اور پیٹر پین اور اسنو وائٹ کی کہانیوں کو سچ سمجھتے ہیں۔ لیکن بچے بڑے ہو جاتے ہیں اور ان کے ہاتھ سے زیتون کی ڈالیاں اور للّی کے پھول چھین کر انھیں چپکے سے کانٹوں کا تاج پہنا دیا جاتا ہے اور پھر ساری حقیقت معلوم ہو جاتی ہے۔

تم اس سے وعدہ کرتے ہو کہ آج رات کو سارے چاند ستارے توڑ کر اس کے آگے ڈال دو گے۔ لیکن اسی رات کو اولمپس پر رہنے والے خداؤں کی بیویاں اس سے یہ وعدہ بھی چھین لیتی ہیں۔ اور تم ان ٹوٹے ہوئے چاند ستاروں کا سامنا نہیں کر سکتے۔۔ روشن بیٹے ذرا اپنے بلند و مقدس یزداں کو آواز دینا۔

اعظم مسعود نے تھک کر پائپ جلا لیا اور وہ سب خاموش ہو گئے۔ وہ مصور تھے، انگریزی کے عمدہ جرنلسٹ تھے، معاشیات اور ادبیات میں ایم۔ اے۔ کر چکے تھے، پولکا اور والز خوب کرتے تھے، اور سی۔ سی۔ آئی۔ کے سوئمنگ ٹینک کے کنارے گھنٹوں پڑے رہا کرتے تھے لیکن میگڈلین اپنا گتار سنبھال کر کارل کے ساتھ اپنی قسمت آزمائی کرنے کہیں اور، کسی دوسرے دیس کو چلی گئی اور وہ اسی طرح دیوار پر پڑے رومن

رولاں اور شاکا مطالعہ کرتے رہے۔

ان دونوں نے میٹرو میں نیچے اپنی کرسیوں پر بیٹھ کر مرحوم لیزلی ہاورڈ پر افسوس کرنا شروع ہی کیا تھا کہ برابر کی نشست پر سے کسی نے پوچھا: "مادام! یہ سیٹ ریزرو تو نہیں؟"

"جی نہیں۔" رخشندہ نے ادھر دیکھے بغیر جواب دیا اور پھر برج کے ساتھ باتوں میں مصروف ہو گئی۔ نو وارد نے کرسی پر بیٹھ کر سگریٹ جلاتے ہوئے پھر پوچھا: مادام! دھواں آپ کو ناگوار تو نہیں گزرے گا۔"

"جی نہیں۔"

اب کے سگریٹ لائٹر کی روشنی میں رخشندہ نے اس کی طرف نظر کی اور اسے لگا جیسے سارا میٹرو ڈائنامیٹ سے اڑ کر دور فضاؤں میں لڑھکتا جا رہا ہے اور برج لال کھڑے ہو کر ڈریس سرکل میں جانے کے لیے شاہندہ اور شیاملا کا انتظار کرنے لگ۔۔ "رشی رانی جلدی اٹھو۔" مجمع زیادہ ہوتا جا رہا تھا۔ وہ تیزی سے گینگ وے کو پار کر کے زینے پر چڑھنے لگے۔ وہ شخص اپنی نشست پر بیٹھا دوسری طرف دیکھتا رہا۔ فلم شروع ہو چکی تھی۔ پردے پر برٹش مووی ٹون نیوز کی تصویریں کوندنے لگیں۔

"اوہ برج ماما جلدی اوپر چڑھیے۔" رخشندہ کی برفیلی پیشانی پر پانی کے ننھے منے قطرے نہ جانے کہاں سے آ گئے۔ برج نے اس کا سفید ہاتھ پکڑ کر اسے سب سے اوپر سیڑھی پر کھینچ لیا اور وہ مجمعے کے ریلے کے ساتھ ایک جھونک سے اس کے اوپر گر سی گئی۔ وہ اندھیرے میں شیاملا اور شاہندہ کے پاس جا کر بیٹھ گئے۔ اس نے اپنا ہاتھ آہستہ سے چھڑایا۔

وہ دیر تک اتنی سی بات کو سوچتی رہی۔ پھر اس کا جی چاہا کہ ایک زبردست زلزلے

میں یہ سارا میٹرو ٹوٹ کر گر جائے اور برج اسے اپنے بازوؤں میں اٹھا کر کہیں دور بھاگ جائے۔۔ گرتے پہاڑوں اور ٹوٹتی چٹانوں اور شور مچاتے ہوئے انسانوں سے بچا کر بہت دور۔۔ اور پھر وہ۔۔ وہ دوسرا شخص۔۔ وہ مائیکل اینجلو کا شاہکار۔۔ نیچے بیٹھا تھ۔۔ چند منٹ قبل اس کے بہت نزدیک۔۔

اور پھر دوسری رات کو آتشیں لڑکی نے اسے تاج میں دیکھا اور اس کا جی چاہا کہ ایک تیز آگ میں اسے جلا کر راکھ کر ڈالے، اس کی بکھری ہوئی مسکراہٹ کو، اس کے الجھے الجھے بالوں کو۔۔ وہ اس صوفے پر بیٹھ آئی تھی، اس گیلری میں سے گزری تھی، ان کشنوں کو چھو چکی تھی جن پر وہ اپنے دوستوں کے ساتھ اپنی شامیں گزار چکا تھا جب کہ وہ دوسری برفیلی رخشندہ خاموشی اور سکون سے بکسلے اور بیورلی نکلسن پڑھتی رہی تھی۔

"مس ڈی کورڈا کیسی ہیں؟" اس نے پوچھا، حالانکہ اسے معلوم تھا کہ وہ جا چکی ہے۔

"اچھی ہیں۔ شکریہ!" اس نے اسی سکون سے جواب دیا۔ "آپ میرے ساتھ ایک راؤنڈ لیں گی؟"

"آیئے۔۔" اس نے کہا۔ کیونکہ وہ ہمیشہ بہت پریکٹیکل رہتی تھی ـــ اور جمال کو تعجب ہوا کہ وہ آسانی سے اس کے ساتھ فلور پر کیسے آگئی۔ پھر اسے ایسا محسوس ہوا جیسے وہ رمبا کی موومنٹ کے ساتھ ساتھ آگ کے شعلوں میں گھوم رہا ہے۔ اسے سرد چھینٹوں کی ضرورت تھی لیکن شعلے بہت اونچے اٹھتے جا رہے تھے۔ رقص ہوتا رہا۔ کلارنٹ پر ایک نغمہ پوری تیزی سے بج رہا تھا۔ اس کی تھکی ہوئی نظریں خود بخود پلائی ووڈ کی ان دیواروں کی طرف اٹھ گئیں جن کے دروازوں پر گہرے سبز پردے پڑے تھے اور جن کے سامنے فرن کی ڈالیاں برقی پنکھوں کی ہوا میں آہستہ آہستہ ہل رہی تھیں۔

سارے ریڈیو اسٹیشن آدھی رات کا گجر بجا چکے تھے۔ باغ کی پتیاں اور سمندر کی

لہریں خوابستان کے جادو میں ڈوبتی جا رہی تھیں۔ کسی نے بڑی پیاری آواز میں کہا: "میں آ سکتا ہوں ؟" وہ جواب تک بر آمدے میں آرام کرسی پر لیٹی "پوائنٹ کاؤنٹر پوائنٹ" ختم کرنے کی کوشش کر رہی تھی، اپنا برف جیسا لباس سمیٹ کر جنگلے پر جھک گئی۔ "کون ہے ؟" اس نے ذرا گھبرا کر برساتی کی طرف دیکھا۔

"اگر آپ کہیں گی تو میں ابھی ابھی فوراً واپس چلا جاؤں۔" اس کا بات کرنے کا انداز بے حد دل کش تھا۔ وہ اور زیادہ پریشان ہو گئی۔۔

"ماہم سے باندرہ کا قریب ترین راستہ۔۔"

"جی نہیں۔ میں راستے کی تلاش میں آپ سے مدد کی درخواست نہیں کر رہ۔۔"

"۔۔ تو کی۔۔ کیا پٹرول ختم ہو گیا ہے ؟"

"جی نہیں میرے پاس ڈھیروں گیلنوں پٹرول موجود ہے۔"

"پھر۔۔ پھر۔۔ آپ کیا چاہتے ہیں ؟"

"میں ! کچھ بھی نہیں۔۔ میں سامنے سے گزر رہا تھا، آپ کو بادام کی شاخوں میں سے بر آمدے میں بیٹھا دیکھا تو بس چلا آیا اندر۔۔ جاؤں واپس ؟"

"اوہ گوش۔۔ آپ نے اتنی دور سے مجھے کیسے دیکھ لیا۔ مشاہدہ بہت تیز ہے۔"

"جی ہاں، مشاہدے کا میں ماہر ہوں۔ بہت عمدہ عادت ہے۔ یہ زندگی بہت دلچسپ ہو جاتی ہے اس سے ایسی ایسی چیزیں نظر آ جاتی ہیں۔ اور اجازت دیجیے انگریزی میں کہوں کہ ہم ایسی چیزوں کی روح میں گھس سکتے ہیں جن کو دیکھنے کی بظاہر کوئی خاص ضرورت نہیں۔۔ سگریٹ پی لوں ؟ شکریہ۔۔"

"نہ جانے آپ کیا باتیں کر رہے ہیں۔ خصوصاً جب کہ آپ مجھے قطعی جانتے بھی نہیں۔ بہت دلچسپ اور عقل مند معلوم ہوتے ہیں آپ۔۔"

"جی ہاں شکر ہے۔ غالباً آپ پہلی خوب صورت لڑکی ہیں جس نے ایک عقل مند لڑکے کے سامنے یہ اقرار کیا ہے ورنہ عموماً مجھے آپ جیسی لڑکیوں سے یہ شکایت رہتی ہے کہ وہ اپنی عقل کے مقابلے میں کسی کو کچھ سمجھتی ہی نہیں۔

"بیٹھ جایئے، اس آرام کرسی پر۔۔ مگر کیسی عجیب بات ہے کہ ہم ایک دوسرے کے لیے بالکل اجنبی ہیں اور اس وقت، اس گرم رات میں، بادام کی شاخوں کی سرسراہٹ کے نیچے اس طرح باتیں کر رہے ہیں جیسے ہمیشہ سے ایک دوسرے کو جانتے ہیں۔۔ نا؟"

"جی ہاں۔۔ بہت عجیب۔۔ دنیا میں بہت سی باتیں حد سے زیادہ عجیب ہوتی ہیں جن کا بالکل آپ کو احساس نہیں ہوتا۔۔ ار۔۔ دیکھیے لڑکیوں میں ہیرو ورشپ کا مادہ ایک بڑی سخت کمزوری ہے۔۔"

"ہیرو ورشپ؟"

"جی۔۔ اس وقت آپ مجھے بس چپکے چپکے ایڈمائر کیے جا رہی ہیں حالانکہ ابھی چند لمحے قبل جب آپ تصور میں جم کے ساتھ مسوری میں سیب کے درختوں کے نیچے بیٹھتی تھیں تو میرے دخل در معقولات پر آپ کو زوروں کا غصہ آگیا تھا۔ ٹھیک ہے نا؟"

"سیب کے درخت؟"

"جی ہاں۔ سیب کے درخت!"

"مجھے یقین ہے کہ۔۔"

"جی۔۔ کہ رات گرم ہے اور چاند کے جادو کا اثر شاید مجھ پر بھی ہو گیا ہے۔ اسی لیے میں اپنے بستر پر آرام کرنے کے بجائے ماہیم کی خاموش سڑکوں پر مارے مارے پھر کر خوب صورت لڑکیوں کے بنگلوں میں گھس کے ان سے الٹی الٹی باتیں کرنے کا عادی ہو گیا ہوں۔۔"

"اوہ گوش۔۔!"

"دیکھیے شاید آپ نے شمال کے برفانی کوہستانوں میں خوابیدہ کسی کانونٹ میں اب تک اپنی عمر گزاری ہے۔ کم از کم آپ نے سینٹ زیویرز میں تو کبھی نہیں پڑھا۔"

"آپ نے یہ کیسے اندازہ لگایا؟"

"کیوں کہ آپ بات بات پر اوہ گوش کہہ کر خدا کی مدد چاہتی ہیں حالانکہ میں آپ کو۔۔ یقین دلاتا ہوں کہ ایسی خوش گوار رات میں خدا کو ہماری باتوں پر غور کرنے یا ان میں مداخلت کرنے کی قطعی ضروری یا فرصت نہیں اور یہ بھی کہ سینٹ زیویرز کی لڑکیاں زیادہ تیز اور صاف گو ہوتی ہیں۔۔ آپ جے۔ جے۔ اسکول میں ہیں نا؟"

وہ اسی طرح سگریٹ کے حلقے بنا کر کہتا رہا: "دلچسپ خیال ہے۔ سیب کے درختوں کے جھنڈ میں ملکہ پکھراج کے ریکارڈ بج رہے ہوں یا کوئی درگا میں گا رہا ہو، سکھی موری روم جھم، سکھی موری روم جھم بدرو۔۔ پسند ہے درگا کا خیال۔۔ دیوی بھجو درگا بھوانی۔۔"

"لیکن کم از کم مجھے اپنا نام تو بتا دیجیے۔۔"

"میرا نام۔۔ برج راج بہادر وارشنے۔۔ جمال انور۔۔ روشن ایرانی۔۔ جو چاہو سمجھ لو۔۔ ادھر دیکھو۔۔ میں تمھارا خواب ہوں اور تم چاندنی اور پھولوں کا گیت۔۔ پر مجھ میں اور ان لہروں میں، جو تمھارے برآمدے سے ٹکرا کر واپس چلی جاتی ہیں، ایک چھوٹا سا فرق ہے۔ یہ دنیا سے بغاوت کرنا چاہتی ہیں اور کچھ نہیں کر پاتیں۔ میں دنیا سے بغاوت نہیں کرتا لیکن چاندنی رات میں تمھارے جنگلے پر آ کر بیٹھ جاتا ہوں اور پھر یہ لہریں ساحل کو چھوڑ کر دور سمندر کی گہرائیوں میں جا کر کھو جاتی ہیں۔ سیب کے باغ میں چپکے سے خزاں گھس آتی ہے۔ بادام کی کلیاں اور سبز پتے خشک ہو کر پریشان ہو جاتے ہیں۔ اور ملکہ پکھراج کے ریکارڈ اور تان پورے کے تار ٹوٹ جاتے ہیں ایک دن۔۔ اور آخر میں نیلے

پروں والی چڑیاں خزاں زدہ شاخوں پر سے اپنے پر پھیلا کر بہار کے تعاقب میں دور جنوب کے ہرے مرغزاروں کی جانب اڑ جاتی ہیں۔۔ جب خواب پچھلی رات کی چاندنی کی طرح پھیکے پڑنے لگتے ہیں اس وقت کی بے کیفی اور الجھن کا خیال کرو۔ سچ مچ کی مسرت تم کہیں بھی نہیں پا سکتیں رخشندہ بانو۔ شاید تم سوچ رہی ہو کہ اگر میگڈیلن تمھیں مل جائے تو تم اپنی برفانی بلندی پر سے اس سے کہو: کارل ریوبن کے ساتھ کہیں بہت دور چلی جاا ے بے حقیقت لڑکی۔۔ اس کا گٹار اور تیری آواز۔۔ یہی تیرا بہترین راستہ ہے۔ برج راج بہادر سے تم کہو: انکل ٹوبی آپ میری دوست شیاملا کے ایک خوب صورت اور ڈیشنگ سے ماموں ہیں جو اپنی سیاہ ڈی۔ کے۔ ڈبلو۔ خوب تیز چلاتے ہیں اور بس۔۔ آپ بھی تشریف لے جائیے۔ کیونکہ مسوری میں ہنی مون کے لیے سوائے میں ایک پورا سوٹ رزرو کرا لیا گیا ہے جس کے پیچھے سیب کے درختوں کا جھنڈ۔"

"اوہ!"

"اب تمھیں نیند آ رہی ہے۔ اگر تم مجھے یاد کرو گی تو میں پھر کسی ایسی ہی چاندنی رات میں الہٰ دین کے دیو کی طرح تمھارے خواب میں آ جاؤں گا۔ شب بخیر رخشندہ سلطانہ۔"

وہ اطمینان سے جنگلے پر سے کود کر باغ کے اندھیرے میں اتر گیا اور پھر اس کے قدموں کی چاپ سنسان سڑک کی خاموشی میں کھو گئی۔

"مہربانی سے ادھر ہی رہیے آپ۔۔"

۔۔اور جم کو جواب تک یہ سوچ رہا تھ۔۔ جانے کیا سوچ رہا تھا

۔۔ جانے کیا سوچ رہا تھا۔ ایسا معلوم ہوا برف کے سارے پہاڑ اور ساری چٹانیں ٹوٹ ٹوٹ کر نیچے گر پڑی ہیں اور ان کے بوجھ میں دب کر وہ بے تحاشا خوب صورتی اور

نفاست اور سجا ہوا کمرہ نیچے گرتا چلا جارہا ہے۔

وہ سنگھار میز کے اسٹول پر بیٹھی ایک کتاب کی ورق گردانی کرتی رہی اور وہ اس کے پاس آکر بیٹھ گی۔۔ وہ جو۔۔ وہ جو۔۔ او خد۔۔ "یہ مت سمجھو کہ میں fusses کر رہی ہوں۔ مجھے تم سے نفرت ہے۔ شدید نفرت!" یا اللہ۔۔ اسے تعجب ہو رہا تھا کہ اسے اب تک رونا کیوں نہ آیا۔ نہ معلوم اسے کیا ہو گیا تھا۔ میرا بے چاری بچی۔ ہنی مون ختم ہوتے ہی سائیکو انالسٹ سے اس کا علاج کرواؤں گا۔ لیکن وہ خاموش رہا۔

"اچھا کم از کم تم تو سو جاؤ۔ بہت تھک گئی ہو گی۔"

تھوڑی دیر بعد اس نے کہا اور وہ مخالفت کے بغیر ضدی بچے کی طرح مسہری پر گر گئی۔ وہ ٹہلتا رہا۔ اس رات اس نے سگریٹوں کا سارا ڈبہ ختم کر دیا۔

تکیوں میں منہ چھپا کر اس نے اپنی آنکھوں پر ہاتھ رکھ لیے۔ اس نے سنا جیسے کہیں بہت دور سے آواز آرہی تھی۔ جم دریچے میں کھڑا کہہ رہا تھا:

"اس کا انجام تم نے کیا سوچا ہے؟"

قانونی علاحدگی۔۔ اس نے اپنے آپ کو کہتے پایا۔ پھر وہ سو گئی۔ جیسے اس نے دن بھر روتے روتے گزارا۔۔ اور بمباری یا زلزلے سے گری ہوئی عمارت کے ملبے سے نکلے ہوئے کسی زخم خوردہ انسان کی طرح وہ اس کے چہرے کو غور سے دیکھنے لگی۔۔ بالوں کی ایک لٹ اس کی برف جیسی پیشانی پر آگری تھی۔ اس کا جی چاہا کہ وہ جھک کر اس لٹ کو وہاں سے ہٹا دے لیکن وہ ایسا نہ کر سکی۔۔ یہ اس کی بیوی تھی، رخشندہ۔۔ خدایا۔۔ اور وہ خود جم تھا۔۔ جمال انور۔۔ مائیکل اینجلو کا شاہکار۔۔ او بلند و برتر خدا، کیا ہم سب پاگل ہیں۔ خواب گاہ کا تیز لیمپ رخشندہ پر اپنی کرنیں پھینکتا رہ۔۔ اس نے سبز روشنی جلائے بغیر اپنے آپ کو صوفے پر ڈال دیا۔

پھر وہ چار دوست خاموشی سے زینے پر سے اتر کے اس کار کی سمت بڑھے جو گیٹ وے کے اندھیرے سائے میں کھڑی تھی۔ اس پاگل کر دینے والی موسیقی کی گونج گیلریوں، اسٹالوں اور سمندری ہواؤں میں اب تک لرزاں تھی۔

مادام میگڈلین ریوبن جو فٹ لائٹ کی تیز کرنوں میں نہاتی ہوئی گا رہی تھی۔ اور کارل ریوبن جو پیانو پر بیٹھا تھا اور ہال جو الٹرا فیشن ایبل لوگوں سے پٹا پڑا تھا۔۔ اور۔۔ انھوں نے سنا کہ کارل ریوبن اور مادام ریوبن اپنے آرکیسٹرا کے ساتھ جہاں جاتے ہیں شہرت اور عزت ان کے قدموں پر جھک جاتی ہے۔ شمال کے سارے بڑے بڑے فیشن ایبل شہروں میں ان کے کونسرٹ ہو چکے ہیں۔ ریڈیو میں ان کے پروگرام رکھے جاتے ہیں۔ اتحادی فوجوں کو محظوظ کرنے کے لیے ان کو خاص طور سے مدعو کیا جاتا ہے۔ مادام ریوبن، جو سیاہ یا نقرئی شام کے لباس میں چمکیلے پتھروں سے سجی ہوئی، خاموشی سے اپنے جیون ساتھی کے ہاتھ کا سہارا لے کر اسٹیج پر آتی ہے اور پھر ساری دنیا پاگل ہو جاتی ہے اس کے نغموں سے۔۔ اور انھیں تیزاب کی سی تلخی اور تیزی کے ساتھ یاد آیا۔ کارل کہا کرتا تھا: میرے ساتھ چلو مگ تمھیں بلبلوں اور کوئلوں کی ملکہ بنا دوں گا۔ میگڈلین۔۔ میگڈلین۔۔ میری سینوریتا۔ گوا کی کالی راتیں تمھیں پکار کر واپس بلا رہی ہیں۔ راتوں کو تمھارے بالوں میں ستارے سجا کریں گے اور مہتاب کے مغنی کا گتار بجتا رہے گ۔۔ تم۔۔ مگ۔۔ سرخ ہونٹوں والی چوہی۔۔ تمھاری نیورلیجیا کی شکایت ہمیشہ کے لیے دور ہو جائے گی۔ تم میری آنکھوں سے دیکھو گی، میرے کانوں سے سنو گی، میرے جادو سے رقص کرو گی اور ساری کائنات مدہوش ہو کر ہمارے ساتھ ناچنے لگے گی۔ بے وقوف لڑکی جو ان چار سر پھرے ہندوستانی لڑکوں کے لیے کرافرڈ مارکیٹ سے مچھلی کے ڈبے خرید کر لاتی ہو اور ان کی چائے کی پیالیاں صاف کرتی ہو۔ رب یہودہ کی قسم اس بھورے بالوں

والی گلہری میں ذرا بھی عقل نہیں!

پھر انھوں نے سنا اتحادی فوجوں کو محظوظ کرنے والی ایک پارٹی کے ہم راہ مشرقِ وسطیٰ جاتے ہوئے جہاز پر ایک حادثے کی وجہ سے مسٹر کارل ریوبن کا انتقال ہو گیا اور خوب صورت اور غمگین مادام ریوبن پارٹی سے علاحدہ ہو کر اپنے وطن واپس چلی گئیں۔

اور ایک نیلگوں صبح گوا کے ایک چھوٹے سے ہرے بھرے قصبے کے پرانے اور بھورے پتھروں والے کیتھیڈرل میں جب ماس ختم ہونے کے بعد فادر فرانسیسکو نے قربان گاہ کے دریچے کے سامنے کا پردہ برابر کیا تو ان کی پیشانی پر اور بڑی بڑی نیلی آنکھوں میں ایک ملکوتی مسرت اور اطمینان کی روشنی چمک رہی تھی۔ کیونکہ ایک بھٹکی ہوئی روح آخر اپنے چرواہے کے پاس پہنچ چکی تھی۔۔ "خداوندِ خدا کی رحمت ہو اس پر، وہ یسوع کی دلہن بن گئی۔۔" دعا کے آخری الفاظ بھورے پتھروں والے ہال کے منجمد سناٹے میں ڈوب گئے اور فادر ڈائیگو آرگن بند کر کے سیڑھیوں سے نیچے اتر آئے۔ باہر آسمان کے نیچے بہت سے ٹوٹے ہوئے نیلے پر ہوا میں تیرتے پھر رہے تھے۔

اور ایسی ہی ایک نیلگوں شام کے اندھیرے میں، جب کہ تاج کی ایک گالا نائٹ کے اختتام پر گیٹ وے، برساتی اور گیلریوں میں مجمع کم ہوتا جا رہا تھا، موٹریں اسٹارٹ ہو چکی تھیں اور اکّا دکّا لوگ سیڑھیوں اور سڑک کے کنارے سگریٹ جلانے اور اپنے دوستوں کو شب بخیر کہنے کے لیے رکے ہوئے تھے ان چار دوستوں نے اپنے پائپوں کی راکھ جھٹکی اور ان کی سرخ کار ڈھلوان پر بہنے لگی۔ رات گرم تھی اور ورسوا اور جوہو کی خاموش سڑکیں ان کا انتظار کر رہی تھیں۔

(۳) مونالیزا

پریوں کی سرزمین کو ایک راستہ جاتا ہے شاہ بلوط اور صنوبر کے جنگلوں میں سے گزرتا ہوا جہاں روپہلی ندیوں کے کنارے چیری اور بادام کے سایوں میں خوب صورت چرواہے چھوٹی چھوٹی بانسریوں پر خوابوں کے نغمے الاپتے ہیں۔ یہ سنہرے چاند کی وادی ہے۔Never Never Land کے مغرور اور خوب صورت شہزادے۔ پیٹر پین کا ملک جہاں ہمیشہ ساری باتیں اچھی اچھی ہوا کرتی ہیں۔ آئس کریم کی برف پڑتی ہے۔ چوکلیٹ اور پلم کیک کے مکانوں میں رہا جاتا ہے۔ موٹریں پٹرول کے بجائے چائے سے چلتی ہیں۔ بغیر پڑھے ڈگریاں مل جاتی ہیں۔

اور کہانیوں کے اس ملک کو جانے والے راستے کے کنارے کنارے بہت سے سائن پوسٹ کھڑے ہیں جن پر لکھا ہے "صرف موٹروں کے لیے"، "یہ عام راستہ نہیں" اور شام کے اندھیرے میں زناٹے سے آتی ہوئی کاروں کی تیز روشنی میں نرگس کے پھولوں کی چھوٹی سی پہاڑی میں سے جھانکتے ہوئے یہ الفاظ جگمگا اٹھتے ہیں: "پلیز آہستہ چلایئے — شکریہ!"

اور بہار کی شگفتہ اور روشن دوپہروں میں سنہرے بالوں والی کرلی لوکس، سنڈریلا اور اسنو وائٹ چھوٹی چھوٹی پھولوں کی ٹوکریاں لے کر اس راستے پر چیری کے شگوفے اور ستارۂ سحری کی کلیاں جمع کرنے آیا کرتی تھیں۔

ایک روز کیا ہوا کہ ایک انتہائی ڈیشنگ شہ سوار راستہ بھول کر صنوبروں کی اس وادی میں آنکلا جو دور دراز کی سرزمینوں سے بڑے بڑے عظیم الشان معرکے سر کر کے

چلا آرہا تھا۔ اس نے اپنے شان دار گھوڑے پر سے جھک کر کہا: "مائی ڈیرینگ لیڈی کیسی خوش گوار صبح ہے!"

کرلی لوکس نے بے تعلقی سے جواب دیا: "اچھا، واقعی؟ تو پھر کیا ہوا؟"

شہ سوار کی خواب ناک آنکھوں نے خاموشی سے کہا: "پسند کرو ہمیں۔" کرلی لوکس کی بڑی بڑی روشن اور نیلی آنکھوں میں بے نیازی جھلملا اٹھی۔ "جنابِ عالی ہم بالکل نوٹس نہیں لیتے۔" شہ سوار نے اپنی خصوصیات بتائیں۔ ایک شان دار سی امپیریل سروس کے مقابلے میں ٹاپ کیا ہے۔ اب تک ایک سو پینتیس ڈوئیل لڑ چکا ہوں۔ بہترین قسم کا Heart Breaker ہوں۔ کرلی لوکس نے غصے سے اپنی سنہری لٹیں جھٹک دیں اور اپنے بادامی ناخنوں کے برگنڈی کیوٹیکس کو غور سے دیکھنے میں مصروف ہو گئی۔ سنڈریلا اور اسنو وائٹ پگڈنڈی کے کنارے اسٹرابری چنتی رہیں۔

اور ڈیشنگ شہ سوار نے بڑے ڈرامائی انداز سے جھک کر نرسری کا ایک پرانا گیت یاد دلایا:

کرلی لوکس کرلی لوکس
یعنی اے میری پیاری چینی کی گڑیا۔
تمھیں برتن صاف کرنے نہیں پڑیں گے۔
اور بطخوں کو لے کر چراگاہ میں جانا نہیں ہو گا۔
بلکہ تم کشنوں پر بیٹھی بیٹھی اسٹرابری کھایا کرو گی۔

اے میری سنہرے گھنگھریالے بالوں والی مغرور شہزادی ایمیلیا ہنری ایٹامرایا— — دو نینا متوارے تمھارے ہم پر ظلم کریں ☆☆سائیکلرری ٹ

-

اور پھر وہ ڈیشنگ شہ سوار اپنے شان دار گھوڑے کو ایڑ لگا کر دوسری سرزمینوں کی طرف نکل گیا جہاں اور بھی زیادہ عظیم الشان اور زبردست معرکے اس کے منتظر تھے اور اس کے گھوڑے کی ٹاپوں کی آوازِ بازگشت پہاڑی راستوں اور وادیوں میں گونجتی رہی۔

پھر ایک اور بات ہوئی جس کی وجہ سے چاند کی وادی کے باسی غمگین رہنے لگے کیوں کہ ایک خوش گوار صبح معصوم کوک روبن ستارۂ سحری کے سبزے پر مقتول پایا گیا۔ مرحوم پر کسی ظالم نے تیر چلایا تھا۔ سنڈریلا رونے لگی۔ بے چارا میر اسرخ اور نیلے پروں والا گڈّو سا پرندہ۔ پرستان کی ساری چڑیوں، خرگوشوں اور گلہریوں نے مکمل تحقیق و تفتیش کے بعد پتا چلا لیا اور بالاتفاق رائے اس کی بے وقت اور جوان مرگی پر تعزیت کی قرارداد منظور کی گئی۔ یونی ورسٹی میں کوک روبن ڈے منایا گیا لیکن عقل مند پوسی کیٹ نے، جو فل بوٹ پہن کر ملکہ سے ملنے لندن جایا کرتی تھی، سنڈریلا سے کہا: "روؤ مت میری گڑیا، یہ کوک روبن تو یوں ہی مرا کرتا ہے اور پھر فرسٹ ایڈ ملتے ہی فوراً زندہ ہو جاتا ہے۔" اور کوک روبن سچ مچ زندہ ہو گیا اور پھر سب ہنسی خوشی رہنے لگے۔

اور ہمیشہ کی طرح وادی کے سبزے پر بکھرے ہوئے بھیڑوں نے گلّے کی ننھی مُنّی گھنٹیاں اور دور سمندر کے کنارے شفق میں کھوئے ہوئے پرانے عبادت خانوں کے گھنٹے آہستہ آہستہ بجتے رہے — ڈنگ ڈونگ، ڈنگ ڈونگ بل، پوسی ان دَویل۔

ڈنگ ڈونگ۔ ڈنگ ڈونگ — جیسے کرلی لوکس کہہ رہی ہو: نہیں، نہیں، نہیں، نہیں!

اور اس نے کہا۔ نہیں نہیں۔ یہ تو پریوں کے ملک کی باتیں تھیں۔ میں کوک روبن نہیں ہوں، نہ آپ کرلی لوکس یا سنڈریلا ہیں۔ ناموں کی ٹوکری میں سے جو پرچی میرے ہاتھ پڑی ہے اس پر ریٹ بٹلر لکھا ہے لہٰذا آپ کو اسکارٹ اوہارا ہونا چاہیے۔ ورنہ اگر آپ جولیٹ یا کلیوپٹرا ہیں تو رومیو یا انطونی صاحب کو تلاش فرمائیے اور میں قاعدے سے

مس اوہارا کی فکر کروں گا لیکن واقعہ یہ ہے کہ آپ جولیٹ یا بیٹرس یا ماری انطونی نہیں ہیں اور میں قطعی ریٹ بٹلر نہیں ہو سکتا، کاش آپ محض آپ ہوتیں اور میں صرف میں۔ لیکن ایسا نہیں ہے۔ لہٰذا آیئے اپنی اپنی تلاش شروع کریں۔

— ہم سب کے راستے یوں ہی ایک دوسرے کو کاٹتے ہوئے پھر الگ الگ چلے جاتے ہیں، لیکن پرستان کی طرف تو ان میں سے کوئی راستہ بھی نہیں جاتا۔

—چوکوبارز کی اسٹالوں اور لکی ڈپ کے خیمے کے رنگین دھاری دار پردوں کے پیچھے چاندی کی ننھی منی گھنٹیاں بجتی رہیں۔ ڈنگ ڈونگ ڈنگ ڈونگ —پوسی بے چاری کنویں میں گر گئی اور ٹوم اسٹاؤٹ بے فکری سے چوکوبارز کھاتا رہا۔ پھر وہ سب زندگی کی ٹریجڈی میں غور کرنے میں مصروف ہو گئے کیوں کہ وہ چاند کی وادی کے باسی نہیں تھے لیکن اتنے احمق تھے کہ پرستان کی پگڈنڈی پر موسمِ گل کے پہلے سفید شگوفے تلاش کرنے کی کوشش کر لیا کرتے تھے اور اس کوشش میں انھیں ہمیشہ کسی نہ کسی اجنبی ساحل، کسی نہ کسی ان دیکھی، اَن جانی چٹان پر فورسڈ لینڈنگ کرنی پڑتی تھی۔ وہ کئی تھے۔ ڈک ڈنگٹن جسے امید تھی کہ کبھی نہ کبھی تو اسے فل بوٹ پہننے والی وہ پوسی کیٹ مل ہی جائے گی جو اسے خوابوں کے شہر کی طرف اپنے ساتھ لے جائے اور اسے یقین تھا کہ خوابوں کے شہر میں ایک نیلی آنکھوں والی ایلس اپنے ڈرائنگ روم کے آتش دان کے سامنے بیٹھی اس کی راہ دیکھ رہی ہے اور وہ افسانہ نگار جو سوچتا تھا کہ کسی روپہلے راج ہنس کے پروں پر بیٹھ کر اگر وہ زندگی کے اس پار کہانیوں کی سرزمین میں پہنچ جائے جہاں چاند کے قلعے میں خیالوں کی شہزادی رہتی ہے تو وہ اس سے کہے: "میری مغرور شہزادی! میں نے تمھارے لیے اتنی کہانیاں، اتنے اوپیرا اور اتنی نظمیں لکھی ہیں۔ میرے ساتھ دنیا کو چلو تو دنیا کتنی خوب صورت، زندہ رہنے اور محبت کرنے کے قابل جگہ بن جائے۔" لیکن روپہلا راج ہنس

اسے کہیں نہ ملتا تھا اور وہ اپنے باغ میں بیٹھا بیٹھا کہانیاں اور نظمیں لکھا کرتا تھا اور جو خوب صورت اور عقل مند لڑکی اس سے ملتی اسے ایک لمحے کے لیے یقین ہو جاتا کہ خیالوں کی شہزادی چاند کے ایوانوں میں سے نکل آئی ہے لیکن دوسرے لمحے یہ عقل مند لڑکی ہنس کر کہتی کہ افوہ بھئی فن کار صاحب! کیاcynicism بھی اس قدر الٹرا فیشن ایبل چیز بن گئی ہے اور آپ کو یہ مغالطہ کب سے ہو گیا ہے کہ آپ جینیس بھی ہیں اور اس کے نقرئی قہقہے کے ساتھ چاند کی کرنوں کی وہ ساری سیڑھیاں ٹوٹ کر گر پڑتیں جن کے ذریعے وہ اپنی نظموں میں خیالستان کے محلوں تک پہنچنے کی کوشش کیا کرتا تھا اور دنیا ویسی کی ویسی ہی رہتی — اندھیری، ٹھنڈی اور بد صورت — اور سنڈریلا جو ہمیشہ اپنا ایک بلوریں سینڈل رات کے اختتام پر خوابوں کی جھلملاتی رقص گاہ میں بھول آتی تھی، اور وہ ڈیشنگ شہ سوار جو پرستان کی خاموش، شفق کے رنگوں میں کھوئی ہوئی پگڈنڈیوں پر اکیلے اکیلے ہی ٹہلا کرتا تھا اور برف جیسے رنگ اور سرخ انگارہ جیسے ہونٹوں والی اسنو وائٹ جو رقص کرتی تھی تو بوڑھے بادشاہ کول کے دربار کے تینوں پری زاد مغنی اپنے وائلن بجانا بھول جاتے تھے۔

"اور"، ریٹ بٹلر نے اس سے کہا، "مس اوہارا آپ کو کون سا رقص زیادہ پسند ہے۔ ٹینگو — فوکس ٹروٹ — رومبا — آیئے لیمبتھ واک کریں۔"

اور افروز اپنے پارٹنر کے ساتھ رقص میں مصروف ہو گئی حالاں کہ وہ جانتی تھی کہ وہ اسکارلٹ اوہارا نہیں ہے کیوں کہ وہ چاند کی دنیا کی باسی نہیں تھی۔ سبزے پر رقص ہو رہا تھا۔ روش کی دوسری طرف ایک درخت کے نیچے، لکڑی کے عارضی پلیٹ فارم پر چارلس جوڈا کا آرکیسٹرا اپنی پوری سوئنگ میں تیزی سے بج رہا تھا — اور پھر ایک دم سے قطعے کے دوسرے کنارے پر ایستادہ لاؤڈ اسپیکر میں کارمن میرانڈا کا ریکارڈ چیخنے لگا: "تم

آج کی رات کسی کے بازوؤں میں ہونا چاہتی ہو؟" لکی ڈپ اور "عارضی کافی ہاؤس" کے رنگین خیموں پر بندھی ہوئی چھوٹی چھوٹی گھنٹیاں ہوا کے جھونکوں کے ساتھ بجتی رہیں اور کسی نے اس کے دل میں آہستہ آہستہ کہا: موسیقی — دیوانگی — زندگی — دیوانگی — شوپاں کے نغمے — "چیپسی مون۔" اور خدا!!! اس نے اپنے ہم رقص کے مضبوط، پر اعتماد، مغرور بازوؤں پر اپنا بوجھ ڈال کر ناچ کے ایک کوئیک اسٹیپ کا ٹرن لیتے ہوئے اس کے شانوں پر دیکھا۔ سبزے پر اس جیسے کتنے انسان اس کی طرح دو دو کے رقص کی ٹکڑیوں میں منتشر تھے۔ "جولیٹ" اور "رومیو"، "وکٹوریہ" اور "البرٹ"، "بیٹرس" اور "دانتے" ایک دوسرے کو خوب صورت دھوکے دینے کی کوشش کرتے ہوئے، ایک دوسرے کو غلط سمجھتے ہوئے اپنی اس مصنوعی، عارضی، چاند کی وادی میں کتنے خوش تھے وہ سب کے سب —! بہار کے پہلے شگوفوں کی متلاشی اور کاغذی کلیوں پر قانع اور مطمئن — زندگی کے تعاقب میں پریشان و سرگرداں زندگی — ہُنہ — شوپاں کی موسیقی، سفید گلاب کے پھول، اور اچھی کتابیں۔ کاش! زندگی میں صرف یہی ہوتا، چاند کی وادی کے اس افسانہ نگار اویناش نے ایک مرتبہ اس سے کہا تھا۔ ہُنہ — کتنا بنتے ہو اویناش! ابھی سامنے سے ایک خوب صورت لڑکی گزر جائے اور تم اپنی ساری تخیل پرستیاں بھول کر سوچنے لگو گے کہ اس کے بغیر تمھاری زندگی میں کتنی بڑی کمی ہے — اور اویناش نے کہا تھا: کاش جو ہم سوچتے وہی ہوا کرتا، جو ہم چاہتے وہی ملتا — ہائے یہ زندگی کا لکی ڈپ —! زندگی، جس کا جواب مونالیزا کا تبسم ہے جس میں نرسری کے خوب صورت گیت اور چاند ستارے ترشتی ہوئی کہانیاں تمھارا مذاق اُڑاتی، تمھارا منہ چڑاتی بہت پیچھے رہ جاتی ہیں جہاں کوک روبن پھر سے زندہ ہونے کے لیے روز نئے نئے تیروں سے مرتا رہتا ہے — اور کرلی لوکس ریشمیں کشنون کے انبار پر کبھی نہیں چڑھ پاتی۔ کاش افروز تم — اور پھر وہ خاموش

ہو گیا تھا کیوں کہ اسے یاد آ گیا تھا کہ افروز کو "کاش" ––– اس سستے اور جذباتی لفظ سے سخت چڑ ہے۔ اس لفظ سے ظاہر ہوتا ہے جیسے تمھیں خود پر اعتماد، بھروسہ، یقین نہیں۔

اور افروز لیبتھ واک کی اچھل کود سے تھک گئی۔ کیسا بے ہودہ سا ناچ ہے۔ کس قدر بے معنی اور فضول سے Steps ہیں۔ بس اچھلتے اور گھومتے پھر رہے ہیں، بے وقوفوں کی طرح۔

"مس اوہارا ––– " اس کے ہم رقص نے کچھ کہنا شروع کیا۔

"––– افروز سلطانہ کہیے۔"

"اوہ ––– مس افروز حمید علی ––– آیئے کہیں بیٹھ جائیں۔"

"بیٹھ کر کیا کریں؟"

"ار ––– باتیں!"

"باتیں آپ کر ہی کیا سکتے ہیں سوائے اس کے کہ مس حمید علی آپ یہ ہیں، آپ وہ ہیں، آپ بے حد عمدہ رقص کرتی ہیں، آپ نے کل کے سنگلز میں پرکاش کو خوب ہرایا ––– "

"ار ––– غالباً آپ کو سیاسیات سے ––– "

"شکریہ اویناش اس کے لیے ضرورت سے زیادہ ہے۔"

"اچھا تو پھر موسیقی یا پال مُنی کی نئی فلم ––– "

"مختصر یہ کہ آپ خاموش کسی طرح نہیں بیٹھ سکتے ––– " وہ چپ ہو گیا۔

پھر شام کا اندھیرا چھانے لگا۔ درختوں میں رنگ برنگے برقی قمقمے جھلملا اٹھے اور وہ سب سبزے کو خاموش اور سنسان چھوڑ کے بال روم کے اندر چلے گئے۔ آرکیسٹرا کی گت تبدیل ہو گئی۔ جاز اپنی پوری تیزی سے بجنے لگا۔ وہ ہال کے سرے پر شیشے کے لمبے لمبے

دریچوں کے پاس بیٹھ گئی۔ اس کے قریب اس کی ممانی کا چھوٹا بھائی، جو کچھ عرصے قبل امریکہ سے واپس آیا تھا، میری ووڈ سے باتیں کرنے میں مشغول تھا اور بہت سی لڑکیاں اپنی سبز بید کی کرسیاں اس کے آس پاس کھینچ کر انتہائی انہماک اور دل چسپی سے باتیں سن رہی تھیں اور میری ووڈ ہنسے جا رہی تھی۔ میری ووڈ، جو سانولی رنگت کی بڑی بڑی آنکھوں والی ایک اعلیٰ خاندان عیسائی لڑکی اور انگریز کرنل کی بیوی تھی، ایک ہندوستانی فلم میں کلاسیکل رقص کر چکی تھی اور اب جاز کی موسیقی اور شیری کے گلاسوں کے سہارے اپنی شامیں گزار رہی تھی۔

اور پائپوں اور سگرٹوں کے دھوئیں کا ملا جُلا لرزتا ہوا عکس بال روم کی سبز روغنی دیواروں پر بنے ہوئے طیاروں، پام کے درختوں اور رقصاں اپسراؤں کے دھندلے دھُندلے نقوش کو اپنی لہروں میں لپیٹتا، ناچتا، رنگین اور روشن چھت کی بلندی کی طرف اٹھتا رہا۔ خوابوں کا شبنم آلود سحر آہستہ آہستہ نیچے اتر رہا تھا۔

اور یک لخت، میری ووڈ نے زور سے ہنسنا اور چلّانا شروع کر دیا۔ افروز کی ممانی کے ہالی ووڈ پلٹ بھائی نے ذرا گھبرا کر اپنی کرسی پیچھے کو سرکا لی۔ سب اس کی طرف دیکھنے لگے۔ آرکیسٹرا کے سُر آہستہ آہستہ ڈوبتے گئے اور دبی دبی اور مدھم قہقہوں کی آوازیں ابھرنے لگیں۔ وہ سبز آنکھوں والی زرد رو لڑکی، جو بہت دیر سے ایک ہندوستانی پرنس کے ساتھ ناچ رہی تھی، تھک کر افروز کے قریب آ کر بیٹھ گئی اور اس کا باپ، جو ایک ہندوستانی ریاست کی فوج کا افسر اعلیٰ تھا، فرن کے پتوں کے پیچھے گیلری میں بیٹھا اطمینان سے سگار کا دھواں اڑاتا رہا۔

پھر کھیل شروع ہوئے اور ایک بے حد اوٹ پٹانگ سے کھیل میں حصہ لینے کے لیے سب دوبارہ ہال کی فلور پر آ گئے اور افروز کا ہم رقص ریٹ بٹلر اپنے خواب ناک

آنکھوں والے دوست کے ساتھ اس کے قریب آیا: "مس حمید علی آپ میری پارٹنر ہیں نا؟"

"جی ہاں۔ آیئے۔"

اور اس خواب ناک آنکھوں والے دوست نے کہا: "بارہ بجنے والے ہیں۔ نیا سال مبارک ہو۔ لیکن آج اتنی خاموش کیوں ہیں آپ؟"

"آپ کو بھی مبارک ہو لیکن ضرورت ہے کہ اس زبردست خوشی میں خواہ مخواہ کی بے کار باتوں کا سلسلہ رات بھر ختم ہی نہ کیا جائے۔"

"لیکن میں تو چاہتا ہوں کہ آپ اس طرح خاموش نہ رہیں۔ اس سے خواہ مخواہ یہ ظاہر ہوگا کہ آپ کو اس مجمعے میں ایک مخصوص شخص کی موجودگی ناگوار گزر رہی ہے۔"

"پر جو آپ چاہیں لازم تو نہیں کہ دوسروں کی بھی وہی مرضی ہو۔ کیوں کہ جب آپ کچھ کہتے ہوتے ہیں اُس وقت آپ کو یقین ہوتا ہے کہ ساری دنیا بے حد دلچسپی سے آپ کی طرف متوجہ ہے اور بعد میں لڑکیاں کہتی ہیں: افوہ! کس قدر مزے کی باتیں کرتے ہیں انور صاحب۔

اتنے میں پرکاش کاغذ اور پنسلیں تقسیم کرتی ہوئی ان کی طرف آئی اور ان کو ان کے فرضی نام بتاتی ہوئی آگے بڑھ گئی۔ تھوڑی دیر کے لیے سب چپ ہو گئے۔ پھر قہقہوں کے شور کے ساتھ کھیل شروع ہوا کھیل کے دوران میں اس نے اپنی خواب ناک آنکھیں اٹھا کر یوں ہی کچھ نہ کچھ بولنے کی غرض سے پوچھا: "جی، تو ہم کیا باتیں کر رہے تھے؟"

"میرا خیال ہے کہ ہم باتیں قطعی کر ہی نہیں رہے تھے۔ کیوں نہ آپ قاعدے سے اپنی پارٹنر کے ساتھ جا کر کھیلیے۔ آپ کو معلوم ہے کہ میں اسکارلٹ اوہارا ہوں۔ جولیٹ

ابھی آپ کو تلاش کر رہی تھی۔ پھر ڈاکٹر مہرہ اور اویناش اس کی طرف آ گئے اور وہ ان کے ساتھ کھیل میں مصروف ہو گئی۔

اور جب رات کے اختتام پر وہ رفعت کے ساتھ اپنا اوور کوٹ لینے کے لیے کلوک روم کی طرف جا رہی تھی تو گیلری کے سامنے کی طرف سے گزرتے ہوئے اس نے اس سبز آنکھوں والی زرد رو جولیٹ کے باپ کو اپنے دوستوں سے کہتے سنا۔: "آپ میرے داماد میجر بھنڈاری سے ملے؟ مجھے تو فخر ہے کہ میری بڑی لڑکی نے اپنے فرقے سے باہر شادی کرنے میں ذات اور مذہب کی دقیانوسی قیود کی پروا نہیں کی۔ میری لڑکی کا انتخاب پسند آیا آپ کو؟ ہی ہی ہی۔ دراصل میں نے اپنی چاروں لڑکیوں کا ٹیسٹ کچھ اس طرح Cultivate کیا ہے کہ پچھلی مرتبہ جب میں ان کو اپنے ساتھ یورپ لے گیا تو—" اور افروز جلدی سے بال روم کے باہر نکل آئی۔ یہ زندگی—یہ زندگی کا گھٹیا پن!

واقعی—! یہ زندگی—!!

اور جشن نوروز کے دوسرے دن اس بے چارے ریٹ بٹلر نے اپنے دوست، اس خواب ناک آنکھوں والے ڈیشنگ شہ سوار سے کہا، جو پرستان کے راستوں پر سب سے الگ الگ ٹہلا کرتا تھا—"عجب لڑکی ہے بھئی۔"

"ہوا کرے۔" اور وہ خواب ناک آنکھوں والا دوست بے نیازی سے سگریٹ کے دھوئیں کے حلقے بنا بنا کر چھت کی طرف بھیجتا رہا۔

اور اس عجیب لڑکی کی دوست کہہ رہی تھی: "ہُنہ، اس قدر مغرور، مغالطہ فائیڈ قسم کا انسان۔"

"ہوا کرے بھئی۔ ہم سے کیا۔" اور افروز بے تعلقی کے ساتھ نٹنگ میں مصروف ہو گئی۔

"اتنی اونچی بننے کی کوشش کیوں کر رہی ہو؟" رفعت نے چڑ کر پوچھا۔

"کیا ہرج ہے۔"

"کوئی ہرج ہی نہیں؟ قسم خدا کی افروز اس اویناش کے فلسفے نے تمھارا دماغ خراب کر دیا ہے۔"

"تو گویا تمھارے لیے زنجیر ہلائی جائے۔"

"فوہ۔ جیسے آپ یوں ہی نو لفٹ جاری رکھیں گی۔"

"قطعی —! زندگی تمھارے لیے ایک مسلسل جذباتی اضطراب ہے لیکن مجھے اصولوں میں رہنا زیادہ اچھا لگتا ہے — جانتی ہو زندگی کے یہ ایئر کنڈیشنڈ اصول بڑے کارآمد اور محفوظ ثابت ہوتے ہیں۔"

"فوہ — کیا بلند پروازی ہے۔"

"میں؟"

"تم اور وہ — خدا کی قسم ایسی بے پرواہی سے بیٹھا رہتا ہے جیسے کوئی بات ہی نہیں۔ جی چاہتا ہے پکڑ کر کھا جاؤں اسے۔ جھکنا جانتا ہی نہیں جیسے۔"

"ارے چپ رہو بھائی۔"

"سچ مچ اس کی آنکھوں کی گہرائیاں اتنی خاموش، اس کا انداز اتنا پر وقار، اتنا بے تعلق ہے کہ بعض مرتبہ جی میں آتا ہے کہ بس خودکشی کر لو۔ یعنی ذرا سوچو تو، تم جانتی ہو کہ تمھارے کشن کے نیچے یا مسہری کے سرہانے میز پر بہترین قسم کی کیڈبری چاکلیٹ کا بڑا سا خوب صورت پیکٹ رکھا ہوا ہے لیکن تم اسے کھا نہیں سکتیں — الّو!"

"کون بھئی —؟" پرکاش نے کمرے میں داخل ہوتے ہوئے پوچھا۔

"کوئی نہیں — ہے — ایک — ایک —" رفعت نے اپنے غصے کے مطابقت میں کوئی

موزوں نام سوچنا چاہا۔

"—بلّا—" افروز نے اطمینان سے کہا۔

"بلّا!" پرکاش کافی پریشان ہو گئی۔

"ہاں بھئی—ایک بلّا ہے بہت ہی Typical قسم کا ایرانی بلّا۔" افروز بولی۔

"تو کیا ہوا اس کا؟" پرکاش نے پوچھا۔

"کچھ نہیں۔ ہوتا کیا؟ سب ٹھیک ہے بالکل۔ بس ذرا اسے اپنی آنکھوں پر بہت ناز ہے اور ان مسعود اصغر صاحب کا کیا ہو گا؟ جو مسوری سے مار خط پہ خط نہایت اسٹائیلش انگریزی میں تمھارے ٹینس کی تعریف میں بھیجا کرتے ہیں۔"

"ان کو تار دے دیا جائے — Nose upturned. Nose upturned.
Riffat:

"ہاں۔ یعنی لفٹ نہیں دیتے۔ جس کی ناک ذرا اوپر کو اٹھی ہوتی ہے وہ آدمی ہمیشہ بے حد مغرور اور خود پسند طبیعت کا مالک ہوتا ہے۔"

"تو تمھاری ناک اتنی اٹھی ہوئی کہاں ہے۔"

"قطعی اٹھی ہوئی ہے۔ بہترین پروفائل آتا ہے۔"

"واقعی ہم لوگ بھی کیا کیا باتیں کرتے ہیں۔"

"جناب، بے حد مفید اور عقل مندی کی باتیں ہیں۔"

"اور صلاح الدین بے چارہ!"

"وہ تو پیدا ہی نہیں ہوا اب تک۔" رفعت نے بڑے رنجیدہ انداز سے کہا۔

کیوں کہ یہ ان کا تخیلی کردار تھا اور خیالستان کے کردار چاند کی وادی میں سے کبھی نہیں نکلتے۔ جب کبھی وہ سب کسی پارٹی میں ملیں تو سب سے پہلے انتہائی سنجیدگی کے ساتھ

ایک دوسرے سے اس فرضی ہستی کی خیریت پوچھی جاتی، اس کے متعلق اوٹ پٹانگ باتیں کی جاتیں اور اکثر انھیں محسوس ہوتا جیسے انھیں یقین سا ہو گیا ہے کہ ان کا خیالی کردار اگلے لمحے ان کی دنیا اور ان کی زندگی میں داخل ہو جائے گا۔

اور فرصت اور بے فکری کی ایک خوش گوار شام انھوں نے یوں ہی باتیں کرتے کرتے صلاح الدین کی اس خیالی تصویر کو مکمل کیا تھا۔ وہ سب شاپنگ سے واپس آکر منظر احمد پر زور شور سے تبصرہ کر رہی تھیں جو ان سے دیر تک آرٹس اینڈ کریفٹس ایمپوریم کے ایک کاؤنٹر پر باتیں کرتا رہا تھا اور پرکاش نے قطعی فیصلہ کر دیا تھا کہ وہ بے حد بنتا ہے اور افروز بے حد پریشان تھی کہ کس طرح اس کا یہ مغالطہ دور کرے کہ وہ اسے پسند کرتی ہے۔

"لیکن اسے لفٹ دینے کی کوئی معقول وجہ پیش کرو۔"

"کیوں کہ بھئی ہمارا معیار اس قدر بلند ہے کہ کوئی مارک تک پہنچ نہیں سکتا۔"

"لہٰذا اب کی بار اس کو بتا دیا جائے گا کہ بھئی افروز کی تو منگنی ہونے والی ہے۔"

"لیکن کس سے؟"

"یہی تو طے کرنا باقی ہے۔ مثلاً — مثلاً ایک آدمی سے۔ کوئی نام بتاؤ۔"

"پرویز۔"

"بڑا عام افسانوی سا نام ہے۔ کچھ اور سوچو!"

"سلامت اللہ!"

"ہش۔ بھئی واہ، کیا شان دار نام دماغ میں آیا — صلاح الدین!"

"یہ ٹھیک ہے۔ اچھا، اور بھائی صلاح الدین کا تعارف کس طرح کرایا جائے؟"

"بھئی صلاح الدین صاحب جو تھے وہ ایک روز پرستان کے راستے پر شفق کے گل

رنگ سائے تلے مل گئے۔"

"پرستان کے راستے پر؟"

"چپکی سنتی جاؤ۔ جانتی ہو میں اس قدر بہترین افسانے لکھتی ہوں جن میں سب پرستان کی باتیں ہوتی ہیں۔ بس پھر یہ ہوا کہ —"

"جناب ہم تو اس دنیا کے باسی ہیں۔ پرستان اور کہانیوں کی پگڈنڈیوں پر تو صرف اویناش ہی بھٹکتا اچھا لگتا ہے۔

"چچ چچ چچ۔ بے چارہ اویناش — گڈو۔"

"بھئی ذکر تو صلاح الدین کا تھا۔"

"خیر تو جناب صلاح الدین صاحب پرستان کے راستے پر ہرگز نہیں ملے۔ وہ بھی ہماری دنیا کے باسی ہیں اور ان کا دماغ قطعی خراب نہیں ہوا ہے۔ چنانچہ سب ہی میٹر آف فیکٹ طریقے سے۔"

"یہ ہوا کہ افروز دل کشا جا رہی تھی تو ریلوے کراسنگ کے پاس بے حد رومینٹک انداز سے اس کی کار خراب ہو گئی۔"

"نہیں بھئی واقعہ یہ تھا کہ افروز آفیسرز شاپ جو گئی ایک روز تو پتا چلا کہ وہ غلط تاریخ پر پہنچ گئی ہے، اور وہ اپنا کارڈ بھی گھر بھول گئی تھی۔ بس بھائی صلاح الدین جو تھے انھوں نے جب دیکھا کہ ایک خوب صورت لڑکی برگنڈی رنگ کا کیو ٹکس نہ ملنے کے غم میں رو پڑنے والی ہے تو انھوں نے بے حد Gallantly آگے بڑھ کر کہا کہ "خاتون میرا آج کی تاریخ کا کارڈ بے کار جا رہا ہے، اگر آپ چاہیں۔"

"بہت ٹھیک۔ آگے چلو۔ پھر کیا ہونا چاہیے؟" "بس وہ پیش ہو گئے۔" "نہ پیش نہ زیر نہ زبر — افروز نے فوراً نو لفٹ کر دیا اور بے چارے دل شکستہ ہو گئے۔"

"اچھا ان کا کیریکٹر—"

"بہت ہی بیش فُل۔"

"ہرگز نہیں۔ کافی تیز— لیکن بھئی ڈینڈی قطعی نہیں برداشت کیے جائیں گے۔"

"قطعی نہیں صاحب— اور اور فلرٹ ہوں تھوڑے سے—"

"تو کوئی مضائقہ نہیں— اچھا وہ کرتے کیا ہیں؟"

"بھئی ظاہر ہے کچھ نہ کچھ تو ضرور ہی کرتے ہوں گے!"

"آرمی میں رکھ لو—"

"اووق— حد ہو گئی تمھارے اسسٹنٹ کی۔ کچھ سوال سروس وغیرہ کا لاؤ۔"

"سب بور ہوتے ہیں۔"

"ارے ہم بتائیں، کچھ کرتے کراتے نہیں۔ منظر احمد کی طرح تعلقہ دار ہیں۔ پچیس گاؤں اور ایک یہی رومینٹک سی جھیل جہاں پر وہ کرسمس کے زمانے میں اپنے دوستوں کو مدعو کیا کرتے ہیں۔ ہاں اور ایک شان دار سی اسپورٹس کار—"

"لیکن بھئی اس کے باوجود بے انتہا قومی خدمت کرتا ہے۔ کمیونسٹ قسم کی کوئی مخلوق۔"

"کمیونسٹ ہے تو اسے اپنے پچیسوں گاؤں علاحدہ کر دینے چاہئیں کیوں کہ پرائیویٹ پراپرٹی—"

"واہ، اچھے بھائی بھی تو اتنے بڑے کمیونسٹ ہیں۔ انھوں نے کہاں اپنا تعلقہ چھوڑا ہے؟"

"آپ تو چغد ہیں نشاط زریں— اچھے بھیا تو سچ مچ کے آدمی ہیں۔ ہیرو کو بے حد آئیڈیل قسم کا ہونا چاہیے۔ یعنی غور کرو صلاح الدین محمود کس قدر بلند پایہ انسان ہے کہ

جنتا کی خاطر —"

"افوہ — کیا بوریت ہے بھئی۔ تم سب مل کر ابھی یہی طے نہیں کر پائیں کہ وہ کرتا کیا ہے۔"

"کیا بات ہوئی ہے واللہ!"

"جلدی بتاؤ۔"

"اصفہانی چائے میں —"

اور سب پر ٹھنڈا پانی پڑ گیا۔

"کیوں جناب اصفہانی چائے میں بڑے بڑے اسمارٹ لوگ دیکھنے میں آتے ہیں۔"

"اچھا بھئی قصہ مختصر یہ کہ پڑھتا ہے۔ فزکس میں ریسرچ کر رہا ہے گویا۔"

"پڑھتا ہے تو آفیسرز شاپ میں کہاں سے پہنچ گیا!"

"بھئی ہم نے فیصلہ کر دیا ہے آخر۔ ہوائی جہاز میں سول ایوی ایشن آفیسر ہے۔"

"یہ آئیڈیا کچھ —"

"تمھیں کوئی آئیڈیا ہی پسند نہیں آیا۔ اب تمھارے لیے کوئی آسمان سے تو خاص طور پر بن کر آئے گا نہیں آدمی۔

"اچھا تو پھر یہی مسٹر بوائے نیکسٹ ڈور جو غرور کے مارے اب تک ڈیڈی پر کال کرنے نہیں آئے۔"

— اور اس طرح انھوں نے ایک تخیلی کردار کی تخلیق کی تھی۔ سب ہی اپنے دلوں میں چپکے چپکے ایسے کرداروں کی تخلیق کر لیتے ہیں جو ان کی دنیا میں آکر بنتے اور بگڑتے رہتے ہیں۔ یہ بے چارے بے وقوف لوگ!!

لیکن پرکاش کا خیال تھا کہ ان کی Mad hatter's پارٹی میں سب کے سب حد سے

زیادہ عقل مند ہیں۔ مغرور اور خود پسند نشاط زریں جو ایسے Fantastic افسانے لکھتی ہے جن کا سر پیر کسی کی سمجھ میں نہیں آتا لیکن جن کی تعریف ایٹی کیٹ کے اصولوں کے مطابق سب کر دیتے ہیں جو اکثر چھوٹی چھوٹی باتوں پر الجھ کر بچوں کی طرح رو پڑتی ہے یا خوش ہو جاتی ہے اور پھر اپنے آپ کو سپر انٹلکچوئل سمجھتی ہے۔ رفعت، جس کے لیے زندگی ہمیشہ ہنستی ناچتی رہتی ہے اور افروز جو نہایت سنجیدگی سے نو لفٹ کے فلسفے پر تھیسس لکھنے والی ہے کیوں کہ ان کی پارٹی کے دس احکام میں سے ایک یہ بھی تھا کہ انسان کو خود پسند، خود غرض اور مغرور ہونا چاہیے کیوں کہ خود پسندی دماغی صحت مندی کی سب سے پہلی علامت ہے۔

ایک سہ پہر وہ سب اپنے امریکن کالج کے طویل دریچوں والے فرانسیسی وضع کے میوزک روم میں دوسری لڑکیوں کے ساتھ پیانو کے گرد جمع ہو کر سالانہ کونسرٹ کے اوپیرا کے لیے ریہرسل کر رہی تھیں۔ موسیقی کی ایک کتاب کے ورق الٹتے ہوئے کسی جرمن نغمہ نواز کی تصویر دیکھ کر پرکاش نے بے حد ہمدردی سے کہا: "ہمارے اویناش بھائی بھی تو اسکارف، لمبے لمبے بالوں، خواب ناک آنکھوں اور پائپ کے دھوئیں سے ایسا بوہیمین انداز بناتے ہیں کہ سب ان کو خواہ مخواہ جینیس سمجھنے پر مجبور ہو جائیں۔"

"آدمی کبھی جینیس ہو ہی نہیں سکتا۔" نشاط اپنے فیصلہ کن انداز میں بولی۔ "اب تک جتنے جینیس پیدا ہوئے ہیں سارے کے سارے بالکل Girlish تھے اور ان میں عورت کا عنصر قطعی طور پر زیادہ موجود تھا۔ بائرن، شیلے، کیٹس، شوپاں — خود آپ کا نپولین اعظم لڑکیوں کی طرح پھوٹ پھوٹ کر رونے لگتا تھا۔" رفعت آئرش دریچے کے قریب زور زور سے الاپنے لگی۔ میں نے خواب میں دیکھا کہ مرمریں ایوانوں میں رہتی ہوں، گانے کی مشق کر رہی تھی۔ باہر برآمدے کے یونانی ستونوں اور باغ پر دھوپ ڈھلنا شروع ہو

گئی۔ "سُپرب، میری بچیو! ہماری ریہرسلیں بہت اچھی طرح پروگرس کر رہی ہیں۔" اور موسیقی کی فرانسیسی پروفیسر اپنی مطمئن اور شیریں مسکراہٹ کے ساتھ میوزک روم سے باہر جاکر برآمدے کے ستونوں کے طویل سایوں میں کھو گئیں۔ نشاط نے اسی سکون اور اطمینان کے ساتھ پیانو بند کر دیا۔ زندگی کتنی دل چسپ ہے، کتنی شیریں۔ دریچے کے باہر سائے بڑھ رہے تھے۔ فضا میں "لابوہیم" کے نغموں کی گونج اب تک رقصاں تھی۔ چاروں طرف کالج کی شان دار اور وسیع عمارتوں کی قطاریں شام کے دھندلکے میں چھپتی جا رہی تھیں۔ میرا پیارا کالج، ایشیا کا بہترین کالج، ایشیا میں امریکہ! لیکن اس کا اسے اس وقت خیال نہیں آیا۔ اس وقت اسے ہر بات عجیب معلوم نہیں ہوئی۔ وہ سوچ رہی تھی ہم کتنے اچھے ہیں۔ ہماری دنیا کس قدر مکمل اور خوش گوار ہے۔ اپنی معصوم مسرتیں اور تفریحیں ،اپنے رفیق اور ساتھی، اپنے آئیڈیل اور نظریے اور اسی خوب صورت دنیا کا عکس وہ اپنے افسانوں میں دکھانا چاہتی ہے تو اس کی تحریروں کو Fantastic اور مصنوعی کہا جاتا ہے— بے چاری میں!! موسیقی کے اوراق سمیٹتے ہوئے اسے اپنے آپ سے ہمدردی کرنے کی ضرورت محسوس ہونے لگی۔ اس نے ایک بار اوپناش کو سمجھایا تھا کہ ہماری شریعت کے دس احکام میں سے ایک یہ بھی ہے کہ ہمیشہ اپنی تعریف آپ کرو۔ تعریف کے معاملے میں کبھی دوسروں پر بھروسہ نہیں کرنا چاہیے۔ محفوظ ترین بات یہ ہے کہ وقتاً فوقتاً خود کو یاد دلاتے رہا جائے کہ ہم کس قدر بہترین ہیں۔ ہم کو اپنے علاوہ دنیا کی کوئی اور چیز بھی پسند نہیں آسکی کیونکہ خود بادلوں کے محلوں میں محفوظ ہو کر دوسروں پر ہنستے رہنا بے حد دل چسپ مشغلہ ہے۔ زندگی ہم پر ہنستی ہے، ہم زندگی پر ہنستے ہیں۔ "اور پھر زندگی اپنے آپ پر ہنستی ہے۔" بے چارے اوپناش نے انتہائی سنجیدگی سے کہا تھا اور اگر افروز کا خیال تھا کہ وہ اس دنیا سے بالکل مطمئن نہیں تو پرکاش اور نشاط زریں کو، جو دونوں بے حد عقل

مند تھیں، قطعی طور پر یقین تھا کہ یہ بھی ان کی Mad-hatter'sپارٹی کی cynicism کا ایک خوب صورت اور فائدہ مند پوز ہے۔

—اور سچ مچ افروز کو اس صبح محسوس ہوا کہ وہ بھی اپنی اس دنیا، اپنی اس زندگی سے انتہائی مطمئن اور خوش ہے۔ اس نے اپنی چاروں طرف دیکھا۔ اس کے کمرے کے مشرقی دریچے میں سے صبح کے روشن اور جھلملاتے ہوئے آفتاب کی کرنیں چھن چھن کر اندر آ رہی تھیں اور کمرے کی ہلکی گلابی دیواریں اس نارنجی روشنی میں جگمگا اٹھی تھیں۔ باہر دریچے پر چھائی ہوئی بیل کے سرخ پھولوں کی بوجھ سے جھکی ہوئی لمبی لمبی ڈالیاں ہوا کے جھونکوں سے ہل ہل کر دریچے کے شیشوں پر اپنے سائے کی آڑی ترچھی لکیریں بنا رہی تھیں۔ اس نے کتاب بند کر کے قریب کے صوفے پر پھینک دی اور ایک طویل انگڑائی لے کر مسہری سے کود کر نیچے اتر آئی۔ اس نے وقت دیکھا۔ صبح جاگنے کے بعد وہ بہت دیر تک پڑھتی رہی تھی۔ اس نے غسل خانے میں گھس کر کالج میں اسٹیج ہونے والے اوپیرا کا ایک گیت گاتے ہوئے منہ دھویا اور تیار ہو کر میز پر سے کتابیں اٹھاتی ہوئی باہر نکل آئی۔ کلاس کا وقت بہت قریب تھا۔ اس نے برساتی سے نکل کر ذرا تیزی سے لائن کو پار کیا اور پھاٹک کی طرف بڑھتے ہوئے اس نے دیکھا کہ باغ کے راستے پر، سبزے کے کنارے، اس کا فیڈوروز کی طرح دنیا جہاں سے قطعی بے نیاز اور صلح کل انداز میں آنکھیں نیم وا کیے دھوپ سینک رہا تھا۔ اس نے جھک کر اسے اٹھا لیا۔ اس کے لمبے لمبے سفید ریشمیں بالوں پر ہاتھ پھیرتے ہوئے اس نے محسوس کیا، اس نے دیکھا کہ دنیا کتنی روشن، کتنی خوب صورت ہے۔ باغ کے پھول، درخت، پتیاں، شاخیں اسی سنہری دھوپ میں نہا رہی تھیں۔ ہر چیز تازہ دم اور بشاش تھی۔ کھلی نیلگوں فضاؤں میں سکون اور مسرت کے خاموش راگ چھڑے ہوئے تھے۔ کائنات کس قدر پر سکون اور اپنے وجود سے کتنی

مطمئن تھی۔ دور کوٹھی کے احاطے کے پچھلے حصے میں دھوبی نے باغ کے حوض پر کپڑے پٹخنے شروع کر دیے تھے اور نوکروں کے بچے اور بیویاں اپنے کوارٹروں کے سامنے گھاس پر دھوپ میں اپنے کاموں میں مصروف ایک دوسرے سے لڑتے ہوئے شور مچا رہی تھیں۔ روزمرہ کی یہ مانوس آوازیں، یہ محبوب اور عزیز فضائیں ـــ یہ اس کی دنیا تھی، اس کی خوب صورت اور مختصر سی دنیا اور اس نے سوچا کہ واقعی یہ اس کی حماقت ہے اگر وہ اپنی اس آرام دہ اور پر سکون کائنات سے آگے نکلنا اور سایوں کی اندھیری وادی میں جھانکنا چاہتی ہے۔ ایسے Adventure ہمیشہ بے کار ثابت ہوتے ہیں۔ اس نے فیڈو کو پیار کر کے اس کی جگہ پر بٹھا دیا اور آگے بڑھ گئی۔ باغ کے احاطے کی دوسری طرف انگریز ہمسائے کا بچہ گلِ داؤدی کی کیاریوں کے کنارے کنارے اپنے لکڑی کے گھوڑے پر سوار دھوپ میں جھلملاتے پروں والی تیتریوں کو پکڑنے کی کوشش کرتے ہوئے خوب زور زور سے گا رہا تھا۔ "Ah! this bootiful, bootiful world!" اس نے سوچا: لٹل مسٹر بوائے نیکسٹ ڈور، خوب گاؤ! اور اپنے لکڑی کے گھوڑے پر خیالی مہمیں سر کرتے رہو۔ ایک وقت آئے گا جب تمھیں پتا چلے گا کہ دنیا کتنی بوٹی فل نہیں ہے۔

اور امرودوں کے جھنڈ کے اس پار کالج کے میوزک روم میں تیزی سے ریکارڈ بجنے شروع ہو گئے اور اسے یاد آگیا کہ کالج سے واپسی پر اسے اوپیرا کے علاوہ بنگال ریلیف کے ورائٹی شو کی ریہرسل کے لیے بھی جانا ہے اور وہ تیز تیز قدم اٹھانے لگی۔ شام کو پروگرام تھا اور چاروں طرف زور شور سے اس کے انتظامات کیے جا رہے تھے۔ بنگال کا قحط ان دنوں اپنی انتہا پر پہنچا ہوا تھا اور ہر لڑکی اور لڑکے کے دل میں کچھ نہ کچھ کرنے کا سچّا جوش موجزن تھا۔

ٹکٹ فروخت کرنے کے لیے سائیکلوں پر سول لائنز کی کوٹھیوں کے چکر لگائے جا

رہے تھے۔ مشاعرے کے انتظام کے سلسلے میں بار بار ریڈیو اسٹیشن پر فون کیا جا رہا تھا کیوں کہ اسی ہفتے ریڈیو پر مشاعرہ ہوا تھا جس کی شرکت کے لیے بہت سے مشہور ترنّم سے پڑھنے والے شعرائے کرام تشریف لے آئے تھے۔ میوزک روم کے پیچھے کے اور چرڈ میں بہت سی لڑکیاں ایک درخت کے نیچے انتہائی انہماک سے مختلف کاموں میں مصروف تھیں۔ کچھ پروگرام کے خوب صورت کاغذوں پر پینٹنگ کر رہی تھیں، کچھ قہقہے لگا لگا کر اس افتتاحیہ نظم کی ٹک بندی کر رہی تھیں جو پروگرام شروع ہونے پر قوالوں کے انداز اور انھی کے بھیس میں گائی جانی تھی۔ تھوڑی دیر بعد وہ بھی ان میں شامل ہو گئی۔ "اور ہمارے سپر جینئیس گروپ کے باقی افراد کہاں رہ گئے؟"سعیدہ نے پوچھا۔

"پرکاش تو آج کل مہرہ اور اویناش کے ساتھ ہندوستان آزاد کرانے میں سخت مصروف ہے اور رفعت دنیا کی بے ثباتی پر غور کرنے کے بعد محبت میں مبتلا ہو گئی ہے۔"

"ہا بے چاری — اور ہمارا زبردست ادیب، مصور اور افسانہ نگار ابھی تک نہیں پہنچا۔"

"آ گئے ہم —"نشاط نے درخت کے نیچے پہنچ کر اپنی جاپانی چھتری بند کرتے ہوئے کہا۔

"خدا کا شکر ادا کر بھائی، جس نے ایسا ادیب بنائی۔" جلیس ایک قلابازی کھا کر بولی، "چلو اب قوّالی مکمل کریں۔" اور ہنس ہنس کر لوٹتے ہوئے قوالی تیار کی جانے لگی۔ کیسے بے تکے اور دل چسپ شعر تھے:"وہ خود ہی نشانہ بنتے ہیں، ہم تیر چلانا کیا جانیں —

انور سٹی کے پڑھنے والے ہم گانا بجانا کیا جانیں۔" اور جانے کیا کیا۔

کتنی خوش تھیں وہ سب — زندگی کی یہ معصوم، شریر، چھوٹی چھوٹی مسرّتیں!!

اور اس وقت بھی دنیا اتنی ہی خوب صورت اور روشن تھی جب کہ غروب ہوتے ہوئے سورج کی ترچھی ترچھی نارنجی کرنیں اس کے دریچے میں سے گزرتی ہوئی گلابی دیواروں پر ناچ رہی تھیں اور کتابوں کی الماریوں اور سنگھار میز کی صفائی کرنے کے بعد صوفے کو دریچے کے قریب کھینچ کر شال میں لپٹی ہوئی کلاس کے نوٹس پڑھنے میں مصروف تھی۔ باہر فضا پر ایک آرام دہ، لطیف اور پرسکون خاموشی چھائی ہوئی تھی۔ تھوڑے تھوڑے وقفے کے بعد دور مال پر سے گزرتی ہوئی کاروں کے طویل ہارن سنائی دے جاتے تھے۔ دوسرے کمرے میں رفعت آہستہ آہستہ کچھ گا رہی تھی اور مسٹر بوائے نیکسٹ ڈور کے برآمدے میں مدھم سروں میں گتار بج رہا تھا۔

اس نے کُشن پر سر رکھ دیا اور آنکھیں بند کر لیں۔ فرصت، اطمینان اور سکون کے یہ لمحات۔ کیا آپ کو ان لمحوں کی قدر نہیں جو ایک دفعہ افق کی پہاڑیوں کے اس پار اڑ کر چلے جائیں تو پھر کبھی لوٹ کر نہیں آتے۔ وہ لمحے جب جاڑوں کی راتوں میں ڈرائنگ روم کے آتش دان کے سامنے بیٹھ کر کشمش اور چلغوزے کھاتے ہوئے گپ شپ اور scandal mongering کی جاتی ہے۔ وہ لمحے جب دھوپ میں کاہلی کے احساس کے ساتھ سبزے پر بلّیوں کی طرح لوٹ لگا کر ریکارڈ بجائے جاتے ہیں اور لڑا جاتا ہے اور پھر ایسے میں اسی طرح کے بیتے ہوئے وقتوں کی یاد اور یہ احساس کہ اپنی حماقت کی وجہ سے وہ وقت اب واپس نہیں آسکتا، کس قدر تکلیف دہ ثابت ہوتا ہے۔

دریچے کے نیچے روش پر موٹر بائیک رکنے کی آواز آئی۔ اس نے کشن پر سے سر اٹھا کر دیکھا۔ شاید مہرہ آیا تھا۔ رفعت دوڑتی ہوئی برآمدے کی سیڑھیوں پر سے اتر کے باغ میں چلی گئی۔ اس نے پھر آنکھیں بند کر لیں اور اس کے دریچے کے سامنے روش پر سے وہ سب گزرنے لگے۔ وہ بے چارے فریب خوردہ انسان جنھیں زندگی نے رنجیدہ کیا، زندگی

جن کی وجہ سے غمگین ہوئی لیکن پھر بھی وہ سب وہاں موجود تھے۔ اس کے خیالوں میں آنے پر مصر تھے۔ اسے شاید یاد آیا — اور اس کے سارے بھائی۔ دور دراز کی یونیورسٹیوں اور میڈیکل کالجوں میں پڑھنے والے یہ شریر، خوب صورت اور ضدی، افسانوی سے رشتے کے بھائی، جو چھٹیوں میں گھر آتے ہیں اور ان کے رشتے کی بہن یا ان کی بہنوں کی سہیلیاں ان کی محبت میں مبتلا ہو جاتی ہیں۔ وہ ان سے لڑتے ہیں، راتوں کو باغ میں چاند کو دیکھا جاتا ہے، پھر وہ ان سب کو دل شکستہ چھوڑ کر یا محاذ جنگ پر چلے جاتے ہیں یا ان میں سے کسی ایک سے شادی ہو جاتی ہے — اُف یہ حماقتیں —!!

اور اسے وہ باتیں یاد کر کے ان سب پر بے اختیار ترس سا آگیا۔ یہ فریب کاریاں، یہ بے وقوفیاں!!

اور اسے یاد آیا — فرصت اور بے فکری کے ایسے ہی لمحوں میں ایک مرتبہ اپنے اپنے مستقبل کی تصویریں کھینچی گئی تھیں۔ گرمیوں کی چھٹیوں میں وہ سارے بہن بھائی ایک جگہ جمع ہو گئے تھے۔ دن بھر تصویریں اتاری جاتی تھیں۔ بزرگوں سے نظر بچا کر پینٹری میں سے حلوہ اور آئس کریم اڑائی جاتی تھی۔ بے تکی شاعری ہوتی تھی۔ اس نے کہا تھا: "اب بھئی اسلم کا حشر سنیے۔ جب آپ پاس کر کے نکلیں گے تو ہو جائیں گے ایک دم سے لفٹیننٹ، پھر کیپٹن، پھر میجر۔ ڈاکٹروں کو بڑی جلدی جلدی ترقی دی جاتی ہے۔ بس — اور جناب اس قدر خوش کہ دنیا کی ساری لڑکیاں آپ پر پیش ہیں۔ ہال میں جا رہے ہیں، پکچرز میں لڑکیاں اچک اچک کر آپ کی زیارت کر رہی ہیں، چاروں طرف برف کی سفید سفید گڑیوں جیسی، انگارہ سے سرخ ہونٹوں والی نرسیں بھاگی پھر رہی ہیں۔ چھٹی پر گھر آتے ہیں تو سب کا انتقال ہوا جا رہا ہے اور آپ مارے شان کے کسی کو لفٹ ہی نہیں دیتے۔ سٹیس یا مل کے ہاں بہترین پوز کی بہت سی تصویریں کھنچوالی ہیں اور وہ اپنی

ایڈمائرز کو عنایت کی جارہی ہیں۔ پھر بھائی لڑائی کے بعد جو آپ کو کان پکڑ کر نکال کے باہر کھڑا کر دیا جائے گا کہ بھیا گھر کا راستہ لو تو جناب آپ امین آباد کے پیچھے ایک پھٹیچر سا میڈیکل ہال کھول کر بیٹھیں گے۔ اب بھائی اسلم بھائی ہیں کہ ایک بد رنگ سی کرسی پر بیٹھے مکھیاں مار رہے ہیں۔ کوئی مریض آکے ہی نہیں دیتا۔ پھر بھئی ایک روز کرنا خدا کا کیا ہو گا کہ ایک شان دار بیوک رکے گی آپ کی دکان کے آگے اور اس میں سے ایک بے حد عظیم الشان خاتون ناک پر رومال رکھے اتر کر پوچھیں گی کہ بھئی ہمارے فیڈو کو زکام ہو گیا ہے۔ یہاں کوئی گھوڑا ہسپتال کا ڈاکٹر —"

اور اسلم نے کہا تھا: "ہش، چپ رہو جی — بیگم صاحبہ ہو کس خیال میں۔ بندہ تو ہو جائے گا لفٹننٹ کرنل تین سال بعد۔ اور لڑائی کے بعد ہوتا ہے سول سرجن۔ اور بھئی کیا ہو گا کہ ایک روز بی افروز اپنے پندرہ بچوں کی پلٹن لیے بیل گاڑی میں چلی آرہی ہیں اور سامنے گاڑی بان کے پاس یہ بڑا سا زرد پگڑ باندھے اور ہاتھ میں موٹا سا ڈنڈا لیے بی افروز کے راجہ بہادر بیٹھے ہیں اور بھئی ہم چپراسی سے کہلوا دیں گے کہ سول سرجن صاحب معائنہ کرنے تشریف لے گئے ہیں، شام کو آیئے گا۔ اب جناب افروز بیگم برآمدے میں بینچ پر بیٹھی ہیں برقعہ پہنے —"

"ہائے چپ رہو بھئی — خدا نہ کرے جو زرد پگڑ اور بیل گاڑی —!"

"اور کیا، منظر احمد سے جو تم شادی کرو گی تو کیا رولز رائس چلا کرے گی تمھارے یہاں؟ بیل گاڑیوں پر ہی پڑی جایا کرنا اپنے گاؤں۔"

"بیل گاڑی پر جانا تم اور زرد پگڑ بھی خدا کرے تم ہی باندھو۔ آئے وہاں سے بڑے بے چارے۔"

"اور بھئی حضرتِ داغ کا یہ ہو گا — شاہد نے اپنے مخصوص انداز سے کہنا شروع کیا،

"کہ یہ خاکسار جب کئی سال تک ایم ایس سی میں لڑھک چکے گا تو وار ٹیکنیشنز میں بھرتی ہو جائے گا اور پھر بھی رفعت کی کوٹھی پر پہنچے گا کہ بھئی بڑے دن کے سلام کے لیے آئے ہیں۔ صاحب کہلوا دیں گے کہ پھر آنا، صاحب کلب گئے ہیں۔ بس بھئی ہم وہاں برساتی کی سیڑھیوں پر، گملوں کی آڑ میں، اس امید پر بیٹھ جائیں گے کہ شاید بی رفعت نکل آئیں اندر سے لیکن جب چپر اسی کی ڈانٹ پڑے گی تو چلے آئیں گے واپس اور کوٹھی کے پھاٹک کے باہر پہنچ کر کان میں سے چونی نکال سگریٹ اور دو پیسوں والی سینما کے گانے کی کتاب خرید کر گاتے ہوئے گھر کا راستہ لیں گے—اکھیاں ملا کے—جیا برما کے—چلے نہیں جانا۔"

"نہیں بھئی، خدا نہ کرے، ایسا کیوں ہو! تم تو پروگرام کے مطابق اعلیٰ درجے کے فلرٹ بنو گے اور ریلوے کے اعلیٰ انجینئر۔ اپنے ٹھاٹ سے سیلون میں سیر کرتے پھرا کرو گے۔" رفعت نے کہا تھا۔

باغ میں سے رفعت کے مدھم قہقہوں کی آوازیں آ رہی تھیں۔ جو کچھ انھوں نے مذاق مذاق میں سوچا تھا وہ نہیں ہوا۔ وہ کبھی بھی نہیں ہوتا اور اسلم اور اس کی کھینچی ہوئی راجہ بہادر کی تصویر اس کی آنکھوں میں ناچنے لگی۔

اسلم، جو میدان جنگ میں جا کر عرصہ ہوا لا پتہ ہو چکا تھا اور منظر احمد، جو اس شام آرٹس اینڈ کریفٹس ایمپوریم کے بڑے بڑے شیشوں والی جھلملاتی ہوئی گیلری میں سے نکل کر اس کی نظروں سے اوجھل ہو گیا تھا لیکن جیسے اس کی آنکھیں کہہ رہی تھیں۔ ہمیں اپنے خیالوں سے بھی یوں ہی نکال دو تو جانیں۔

اور باغ میں اندھیرا چھانے لگا۔ گٹار بجتا رہا اور افروز سوچتی رہی: زندگی کے یہ مذاق! اس روز "یوم ٹیگور" کے لیے ریڈیو اسٹیشن کے آرکیسٹرا کے ساتھ رقص کی ری ہرسل کرنے کے بعد وہ پرکاش اور اجلا کے ساتھ وہاں واپس آ رہی تھی اور لیلا رام کے

سامنے سے وہ اپنی اسپورٹس کار پر آتا نظر آیا تھا— پرکاش کو دیکھ کر اس نے کار روک لی تھی: "کہیے مس شیرالے کیا ہو رہا ہے؟" "گھر جا رہی ہیں۔" " چلیے میں آپ کو پہنچا دوں۔ "

اور افروز نے کہنا چاہا تھا کہ ہماری کار آتی ہو گی، آپ تکلیف نہ کیجیے۔ لیکن پرکاش نے اپنی مثالی خوش خلقی کی وجہ سے فوراً اس کی درخواست قبول کر لی تھی اور پھر اس کے گھر تک وہ کار پندرہ میل کی رفتار سے اس قدر آہستہ ڈرائیو کر کے لایا تھا جیسے کسی بارات کے ساتھ جا رہا ہو، محض اس لیے کہ اسے افروز کو اپنی کار میں زیادہ سے زیادہ دیر تک بٹھانے اور اس سے باتیں کرنے کا موقع مل سکے اور اس نے سوچا تھا کہ اگر وہ اس منظر احمد کو بہت زیادہ پسند نہیں کرتی تو بہر حال مائنڈ بھی نہیں کرے گی، حالاں کہ اسے اچھی طرح معلوم تھا کہ وہ اعلیٰ قسم کا فلرٹ ہے، کبھی کبھی ڈرنک بھی کر لیتا ہے اور نشاط نے تو یہ تک کہا تھا کہ اپنی ریاست میں اس کی کیپ بھی موجود ہے۔ "لیکن بھئی کیا تعجب ہے؟" نشاط کہہ رہی تھی، "سب ہی جانتے ہیں کہ تعلقہ داروں کے لڑکے کیسے ہوتے ہیں۔"

اور پھر ایک روز وہ اور پرکاش خریداری کے بعد کافی ہاؤس چلے گئے۔ دوپہر کا وقت تھا۔ برسات کی دوپہر! بارش ہو کر رکی تھی۔ فضا پر ایک لطیف سی خنکی چھائی ہوئی تھی۔ کافی ہاؤس میں بھی قریب قریب بالکل سناٹا تھا۔ وہ ایک ستون کی آڑ میں بیٹھ گئے اور سامنے کے مرمریں ستون پر لگے ہوئے بڑے آئینے میں انھوں نے دیکھا کہ دوسری طرف منظر احمد بیٹھا ہے۔ خوب! یہ حضرت دوپہر کو بھی کافی ہاؤس کا پیچھا نہیں چھوڑتے۔ اس نے ذرا نفرت محسوس کرنے کی کوشش کی اور پرکاش کو دیکھ کر وہ سگریٹ کی راکھ جھاڑتا ہوا ان کی میز پر آ بیٹھا۔ "ہلو— افروز سلطانہ — ہلو—" اس نے اپنے لہجے میں بقدرِ ضرورت خنکی اور خشکی پیدا کرتے ہوئے مختصر سا جواب دے دیا اور کافی بنانے میں

مشغول ہو گئی۔ وہ اپنی تخیلی سی آنکھوں سے باہر کی طرف دیکھتا رہا۔ اس وقت وہ غیر معمولی طور پر خاموش تھا۔ کتنا بنتا ہے۔ یہ شخص بھی کبھی سنجیدہ ہو سکتا ہے جس کی زندگی کا واحد مقصد کھیلنا اور صرف کھیلتے رہنا ہے؟

پر کاش خریداری کی فہرست بنانے میں منہمک تھا۔ پھر وہ یک لخت کہنے لگا: "افروز سلطانہ! آپ مجھ سے بات کیوں نہیں کرتیں؟ مجھے معلوم ہوا ہے کہ آپ کے دل میں میری طرف سے بڑی خوف ناک قسم کی بدگمانیاں پیدا کر دی گئی ہیں۔"

"جی مجھے بدگمانی وغیرہ کی قطعی ضرورت نہیں۔ بدگمانیاں تو اسے ہو سکتی ہیں جسے پہلے سے آپ کی طرف سے حسنِ ظن ہو۔ یہاں آپ سے دلچسپی ہی کس کو ہے؟"

"ہنہ ——ذرا بننا تو دیکھو۔" وہ کہتا رہا: میں نے سنا ہے کہ آپ کو بتایا گیا ہے میں —— میں ڈرنک کرتا ہوں ——اور —— اور اسی قسم کی بہت سی حرکتیں —— مختصر یہ کہ میں انتہائی برا آدمی ہوں —— کیا آپ کو یقین ہے کہ یہ باتیں صحیح ہو سکتی ہیں؟ کیا آپ مجھے واقعی ایسا ہی سمجھتی ہیں؟" اور اس نے آہستہ آہستہ بڑی رومینٹک نقرئی آواز میں بات ختم کر کے سگریٹ کی راکھ جھٹکی اور پام کے پتوں کے پرے دیکھنے لگا —— اور وہ سچ مچ بہت پریشان ہو گئی کہ کیا کہے کیونکہ اس نے محسوس کیا کہ منظر احمد اس وقت بقول شخصے قطعی نون سیریس نہیں ہے اور اس نے کہا: "بھئی میں نے قطعی کوئی ضرورت نہیں سمجھی کہ اس کے متعلق ——" "اچھا، یہ بات ہے۔" اس نے بات ختم کرنے کا انتظار کیے بغیر اسی نقرئی آواز میں آہستہ سے کہا، "اجازت دیجیے، خدا حافظ مس شیر الے ——" اور وہ ایک دم سے اس کی میز پر سے اٹھ کر چلا گیا اور کرلی لوکس کشنوں کے انبار پر سے گر پڑی۔ "جناب تشریف لے گئے۔" پر کاش نے فہرست کے کاغذ پر سے سر اٹھا کر پوچھا۔ باہر اگست کی ہوائیں ہال کے بڑے بڑے دریچوں کے شیشوں سے ٹکراتی رہیں۔

رات کی تاریکی باغ پر پھیل گئی۔ مہرہ کی گڑگڑاتی ہوئی موٹر بائیک روش پر سے گزر کر باہر ہال کے طویل اندھیرے میں کھو چکی تھی۔ نشاط اور رفعت باتیں کرتی اور گنگناتی ہوئی کمرے میں آ گئیں۔

"جناب! بہترین اوپیرا رہے گا۔" رفعت کہہ رہی تھی۔

"اور ہمارا تازہ افسانہ جو اس قدر سپرب تھا۔ اب ہماری کتاب کا ریڈیو پر بقول شخصے بڑا شان دار ریویو کیا جائے گا۔" نشاط صوفے پر کودتے ہوئے بولی۔

"من ترا اسپر جینیس بگویم — تم مہرہ کے انگریزی رسالے میں اپنے اوپیرا کی بہت سی تعریف کر دینا۔" رفعت نے کہا۔

"ہاں یہ تو کریں گے ہی۔" نشاط جیسے یہ پہلے طے کر چکی تھی۔

"بھئی ریڈیو اسٹیشن پر آج کل سب ایک سے ایک واش آؤٹ نظر آتے ہیں، کیا کیا جائے۔" رفعت اکتا کر بولی۔

"اور شاہد بے چارہ زخمی ہو گیا۔" نشاط نے اور بھی زیادہ اکتا کر کہا۔

"ممی کہہ رہی تھیں کہ محاذ پر گیس سے اس کی آنکھیں خراب ہو گئیں۔"

"ہا — چچ چچ — کافی خوب صورت آنکھیں تھیں اس بے چارے کی۔"

اور تھوڑی دیر بعد اوپیرا کے اطالوی رقص کی مشق کے لیے پرکاش اور اس کے ساتھ بہت سی لڑکیاں آ گئیں اور وہ سب ڈرائنگ روم میں چلی گئیں۔

افروز کے کمرے میں اندھیرا ہو گیا۔ دور، زندگی کی Fantasy پر، دھندلی دھندلی روشنیاں جھلملا رہی تھیں۔

پھر شوپاں کی موسیقی فضا میں لہرا اٹھی۔ اس رات اوپیرا شروع ہو چکا تھا اور تاریکی کے پروں پر تیزی سے اڑتی ہوئی ساعتوں کے ساتھ ساتھ ختم ہو رہا تھا۔ رقص گاہ کے

جگمگاتے دریچوں پر پردے گرائے جا رہے تھے۔ یوکلپٹس کی اونچی اونچی شاخوں سے بھیگتی رات کا تنہا اور خنک چاند ہال کے پچھلے دریچے میں سے اندر جھانک کر اوپیرا کا آخری نغمہ سننے کی کوشش کر رہا تھا، پیانو کے گہرے بھاری سروں کا نغمہ، جس کی لہریں جھلملاتے ہوئے عنابی مخملیں پردوں کے پیچھے ڈوبتی جا رہی تھیں۔

اور فٹ لائٹ کی تیز سفید کرنوں سے جگمگاتی اسٹیج پر نقرئی شیفون میں ملبوس سیاہ آنکھوں والی لڑکیوں کی ایک قطار ہاتھوں میں سنہری اور سیاہ پنکھیاں لیے ہوئے آئی اور دوسری طرف سے اطالوی نوجوانوں کا ایک پرّا داخل ہوا جن کی ٹوپیوں میں لمبے خوب صورت پر شاہانہ انداز سے سجے ہوئے تھے اور جن کی روپہلی تلواریں اسٹیج کی روشنی میں جھلملا رہی تھیں۔ انھوں نے دوزانو جھک کر سینوریتاؤں سے رقص کی درخواست کی۔ سرخ گلابوں کے گچھے پھینکے گئے اور آرکیسٹرا کی ایک گونج دار دھمک کے ساتھ آخری رقص شروع ہو گیا۔ پھر تیزی سے گھومتے ہوئے رنگین سایوں، چکر کاٹتے ہوئے پروں اور تیز گرم موسیقی کے اس پر شور بھنور کی لہریں آہستہ آہستہ پھیلتی گئیں اور رقص کی رفتار دھیمی ہو کر پردے کے پیچھے سے بلند ہونے والے آخری سروں کی گونج میں ڈوب گئی۔

ہال روشنیوں سے جاگ اٹھا اور سرخ کشنوں پر بیٹھے، دبی دبی جمائیاں لیتے ہوئے تماشائی جیسے ایک طویل خواب سے چونک کر ایک بار پھر اپنی دنیا میں واپس آ گئے اور بھاری بھاری قدموں خمار آلود آنکھوں کے ساتھ ہال سے نکل کر کلوک روم، گیلریوں اور پورچ کی سیڑھیوں پر اپنے اپنے دوستوں کے گروہوں میں شامل ہو کر موسیقی کی تنقید اور ادھر ادھر کی بے معنی، بے کار باتوں میں مصروف ہو گئے۔

"سیزن کا بہترا میچیر پرفورمینس رہا۔"

"جینٹ سسٹرز بالکل فلاپ ہو گئیں اس مرتبہ۔" آج پتا چلا کہ نشاط اور رفعت کتنی Talented لڑکیاں ہیں۔"

"مسوری میں پچھلے سال میں نے مارگیریٹ جورڈن کو یہی پارٹ کرتے دیکھا، کیا سپرب چیز تھی۔" پھر دوستوں کے گروپ منتشر ہونے شروع ہوئے۔ خواتین کلوک روم سے اوور کوٹ لیے، میک اپ ٹھیک کرتی ہوئی نکلیں اور شب بخیر اور خدا حافظ کی مدھم آوازوں کے ساتھ کاریں اسٹارٹ کی جانے لگیں۔

اور اس وقت انور نے افروز کو دیکھا جو رفعت، نشاط اور پرکاش کے ساتھ گرین روم سے نکل کر بے حد تکلف سے اپنا اوور کوٹ سنبھالے اپنے بھائیوں کے ساتھ مشغولیت سے باتیں کرتی پورچ کی مرمریں سیڑھیوں سے اتر کر لمبی لمبی چمکیلی کاروں کی طویل فلیٹ کی طرف اپنی مورس میں بیٹھنے کے لیے جا رہی تھی۔ "افوہ! رفی دیکھنا، چاند کتنا اسمارٹ لگ رہا ہے۔" لڑکیوں میں سے ایک نے چلتے چلتے کہا اور سب آسمان کی طرف دیکھنے لگے۔ چاند یوکلپٹس کی ٹہنیوں میں سے نکل کر آسمان کی شفاف سطح پر تیر رہا تھا۔ "خدا تم لڑکیوں سے ہر ذی ہوش جاندار کو محفوظ رکھے۔" یہ نشاط کے بھائیوں میں سے ایک کی آواز تھی اور پھر نشاط اسے پورچ کے ایک اونچے یونانی ستون کے پیچھے کھڑا دیکھ کر چپکے سے بولی: "جناب بھی تشریف لائے تھے۔"

"جی ہاں اور شاہد صاحب بھی۔" رفعت نے کہا اور پھر ان کی کار زناٹے کے ساتھ سامنے سے نکل گئی اور لا مارٹیز کے لڑکوں کی ایک ٹولی نے رقص گاہ سے نکل کر سڑک پر جاتے ہوئے "جپسی مون" اونچے سروں میں شروع کر دیا تھا۔

پھر وہ آہستہ آہستہ سیڑھیاں اترتا ہوا اپنے دوستوں کے ساتھ اپنی کار کی طرف بڑھا جو موٹروں کی شان دار فلیٹ کے آخری سرے پر درختوں کے اندھیرے میں کھڑی

تھیں۔ وہ سوچ رہا تھا: ہمیشہ یہی ہوتا ہے۔ تم سوچتے ہو گیتوں کی سرزمین میں رہنے والی وہ لڑکی جس کے بالوں میں سرخ گلاب سجے ہوئے ہیں کبھی نہ کبھی تو تمھارے خوابوں کے دریچے کے نیچے سے گزرے گی اور تم اسے اپنا گٹار کا نغمہ سنا سکو گے اور سرخ گلابوں میں رہنے والی لڑکی کہتی ہے کہ ایک روز وہ موسم گل کا شہزادہ اس کے خوابوں کے ایوانوں میں سے نکل کر آئے گا اور بس پھر سب ٹھیک ہو جائے گا لیکن ٹریجڈی دیکھیے وہ دونوں اس پگڈنڈی پر مل جاتے ہیں جو پریوں کی سرزمین کو جاتی ہے لیکن ایک دوسرے کو دیکھے بغیر بے پرواہی اور بے نیازی سے گزر جاتے ہیں اور اوپیرا ختم ہو جاتا ہے اور تماشائی اپنے اپنے صوفوں پر بیٹھے بیٹھے پہلو بدل کر رومالوں اور دستی پنکھیوں کی اوٹ میں سے اپنے ساتھیوں سے کہتے ہیں: "کیوں — کیسی رہی؟"

اور شاہد نے آگے بڑھ کر کہنا چاہا — کتنے جھوٹے ہو بھائی۔ تم سب شروع سے آخر تک ایک طویل مغالطے ایک خوب صورت، دل چسپ فریب میں مبتلا رہنے کے اس قدر شوقین کیوں ہو؟ تمھارا "لابوہیم" کا اوپیرا، "جپسی مون" کے نغمے اور شوپان کی موسیقی۔ تمھارے تلوتما کے تصورات، رفائیل اور لینارڈو کی تصویریں اور براؤننگ کی نظمیں۔ تمھاری بد دماغ افروز سلطانہ اور تمھاری سپر انٹلکچوئل اور مغرور افسانہ نگار نشاط، منظر احمد اور اس کی اسپورٹس کار، پرکاش اور اس کی Mad-hatter's اوپیناش اور اس کی فیشن ایبل Cynicism تم سب ان سب چیزوں، ان ساری باتوں سمیت آج کی رات میرے بھوکے رہنے کی وجہ ثابت نہیں کر سکتے۔ تم تو اس کا خیال بھی نہیں کر سکتے کہ تم جیسا انسان، جو تمھارے ساتھ اوپیرا میں آسکتا ہے اور جس کے شہر کے سارے کافی ہاؤس اور سارے فرانسیسی اور اطالوی ریسٹوران کھلے ہوئے ہیں، بغیر کچھ کھائے پیئے بھی زندہ رہنے کی کوشش کر رہا ہے۔ سلمنگ کے لیے نہیں، بلکہ اس لیے کہ اس کے پاس پیسے نہیں ہیں۔

میں تمھارے مسٹر شوپاں سے کہنا چاہتا ہوں: قبلہ! آپ کو اچھی طرح ڈنر اڑانے کے بعد ہی یہ آسمانی نغمے کمپوز کرنے کی سوجھتی ہو گی۔ آپ میری جگہ تشریف لے آیئے اور میں آپ کے پیانو پر پہنچ کر ایسے ایسے نغمے بنا سکتا ہوں جن کو سن کر دنیا آپ کے اور آپ کے سارے قبیلے والوں کے شاہکار، جو لوگوں کو اب تک احمق بناتے رہے ہیں، ہمیشہ کے لیے بھول جائے۔ تمھارا جپسی مون کم از کم میری آنکھیں تو ٹھیک نہیں کر سکتا۔ تمھاری عطر بیز ہوائیں انڈین ریڈ کراس کی اس خوب صورت ویلفیئر آفیسر تک میرا کوئی پیغام نہیں پہنچا سکتیں جو اس وقت قاہرہ میں زخمیوں کے ساتھ ایسی ہی فریب آلود خوش گوار باتیں کر کے انھیں اسی حماقت میں مبتلا کرنے کی کوشش میں مصروف ہو گی۔ وہ ویلفیئر آفیسر جو بچوں کی طرح لکڑی کے رنگیں ٹکڑوں اور چمکیلی تصویروں کے ذریعے بہلا کر یہ بھلانے کی کوشش کرتی تھی کہ میری آنکھیں، جو خوب صورت کہلاتی تھیں، جرمنوں کی گیس نے خراب کر دی ہیں اور مجھے ڈسچارج کر دیا جائے اور مجھے کہیں نوکری نہ مل سکے گی۔ یقیناً تمھاری مونالیزا اور تمھارا روپہلا چاند—"

اور چاند چرڈ پر تیرتا ہوا اس کی بالکونی کے بالکل اوپر پہنچ گیا۔ وہ باہر نکل آئی اور ریلنگ پر جھک گئی۔ مسٹر بوائے نیکسٹ ڈور کا ڈرائنگ روم خاموش پڑا تھا اور کہیں مدھم سروں میں گٹار بجایا جا رہا تھا اور اس نے کہنا چاہا— مسٹر بوائے نیکسٹ ڈور— تم اتنے خاموش کیوں ہو؟ تم اور تمھارا سیاہ آنکھوں والا دوست— آدھی رات کے چاند کی طرح زرد اور غمگین— کیا تمھیں ہمسایوں کے اس چھوٹے بچے نے نہیں بتایا کہ دنیا کتنی بیوٹی فل ہے اور ایسی خوب صورت، شاداب اور بشاش دنیا میں غمگین رہنا جرم ہے اور مسرت کی صحت مندی کی توہین۔ کیا تم نے بھی تخیلی کردار بنائے ہیں؟ کیا تم کو بھی خواب دیکھنے آتے ہیں؟ جب روپہلا چاند سیب کے اور چرڈ پر جھلملاتا ہے اور فضاؤں میں موزارٹ کے

نغمے رقصاں ہوتے ہیں اس وقت میں تم سے چپکے سے پوچھنا چاہتی ہوں — کیا تم مجھے جانتے ہو؟ کیوں کہ میں تم کو بہت اچھی طرح جانتی ہوں — جیسے ہم جنم جنم کے ایک دوسرے کے خاموش ساتھی ہیں۔ ہم سب ایک دوسرے کو جانتے ہیں لیکن کہہ نہیں سکتے۔ کیا تم بھی تنہا ہو۔ اتنی بڑی دنیا اور دنیا والوں میں گھرے ہوئے — لیکن بالکل تنہا!

—اور نیچے پہلو کے باغ میں دو سائے آہستہ آہستہ ٹہل رہے تھے۔ اور ان میں سے ایک سایہ چاند کے مقابل میں کھڑا ہو کر کہنے لگا: خدا کی قسم، میرے دوست، تم جانتے ہو کہ یہ سب غلط ہے۔ یہاں سب جھوٹے ہیں لیکن پھر بھی تم بے وقوف بنتے ہو۔ مجھ سے پوچھو، میں تمھیں بتاؤں گا کہ زندگی کیا چیز ہے۔ وہ سبز آنکھوں والی زرد رو جولیٹ، جو نواب کے ساتھ والز کرتی تھی اور جس نے ایک دفعہ میرے ساتھ بھی رقص کیا تھا اور مجھے یقین ہو چلا تھا کہ میں ہز ہائنس کا اے ڈی سی بنا دیا جاؤں گا، وہ اب بھی کوک ٹیل پارٹیوں کے بعد ڈھولک کے ساتھ اسی طرح گاتی ہے: "میں نہ بولی چڑیا کو کاگ لیے جائے۔" سب سنتے ہیں اور خوش ہوتے ہیں۔ تم نے اس لغویت، پر غور کیا ہے؟ چڑیاں اور کوّے — چڑیاں اور کوّے یا تتلیاں اور بھنورے — زندگی کا تعاقب — یہ دیوانگی — یہ جنون — مجھ سے میری بنتِ عم، خوب صورت اور شریر رفعت، نے کہا تھا: "ہائے شاہد بھائی، تم کتنے گڈّو ہو۔ تم جنگ سے واپس آجاؤ پھر بہت سارے پروگرام بنائیں گے۔" اور میں نے، کتنا احمق تھا میں، ان الفاظ کے سہارے پر کتنے خواب دیکھے۔ رفعت میرے ساتھ ہوگی اور زندگی کا خوش گوار اور پھولوں سے گھرا ہوا راستہ میرے سامنے لیکن اس وقت میں یہاں، اس اندھیرے میں، اکیلا ٹہل رہا ہوں اور میرے ساتھ صرف رفعت کا ایک خط ہے جس میں اس نے لکھا ہے: "ہائے شاہد بھائی، کتنا افسوس ہے تمھاری آنکھیں خراب ہو گئیں۔ خدا کرے جلد بالکل اچھے ہو جاؤ۔ شام کو ہمارے اوپیرا میں

ضرور آنا۔" اور بے وقوف مہرہ رومان کی انھی پٹی ہوئی پگڈنڈیوں پر خوش خوش چل رہا ہے جن پر زرد چاند جھلملاتا ہے۔

اور زرد چاند درختوں کے پیچھے چھپ گیا۔ اس نے کہا ٹھیک ہے بھائی، لیکن اس حماقت میں مبتلا ہو جانے کا احساس ہی کتنا پر لطف اور دل چسپ ہوتا ہے۔ میں نے اس سے کہنا چاہا، سائمن اسٹائلائٹیز کی طرح جو اونچا ستون تم نے اپنے لیے منتخب کیا ہے اس کی بلندی پر سے ایک لمحے کے لیے نیچے اتر آؤ اور ان خود رو خوشبودار پھولوں کی جھاڑیوں کے پاس میرے پاس گھاس پر بیٹھو اور ہم محبت کے وہ گزرتے ہوئے گیت سنیں جو وقت کی سنہری ریت کے اس پار پہنچ کر پھر کبھی واپس نہیں آتے۔ محبت کے وہ آسمانی، الوہی نغمے جو شوپاں، مزارٹ اور ہینڈل نے ایسے ہی وقت میں، ان ہی لمحوں کے لیے، تخلیق کیے تھے۔

اس روز سعیدہ کہہ رہی تھی: انور بھائی کتنا اچھا لگتا ہے کوئی ہم کو پسند کرے، ہم کسی کو پسند کریں۔ کوئی ہمیں چاہے۔ زندگی کے خالی، بے معنی اور بے رنگ نقوش میں اپنی چھوٹی چھوٹی شکستوں کے رنج، فتح مندیوں کے غرور اور ننھی منی مسرتوں کے اطمینان بخش احساسات سے دل کشی اور خوب صورتی پیدا ہوتی ہے۔ یہ احمقانہ، طفلانہ خواہشیں — کوئی ہمیں چاہے!

— تم یہ کہتے ہو — تم جو سوسائٹی کی ساری "ہائی لائٹس" کے پسندیدہ اور محبوب ہیرو ہو۔ نشاط جیسی مغرور لڑکی تمھارے ساتھ ناچتی ہے۔ جلیس تم کو روزانہ فون کرتی ہے۔ اُجلا، جو کبھی کسی کو گانا نہیں سناتی، ریڈیو پر محض اس لیے گاتی ہے کہ تم سنو اور چونکہ صرف ایک خود پسند لڑکی نے تمھارے سامنے جھکنے سے خاموشی سے انکار کر دیا ہے تو مرے جا رہے ہو، احمق!

ہم سب احمق ہیں! اس نے کہا اور گٹار کی آواز مدھم ہوتی گئی اور کنواری رات کا اندھیرا باغ پر جھک گیا۔

اور وہ بالکونی پر سے ہٹ کر اندر آ گئی۔ وہ اپنے بلند ستون پر سے نہیں اتر سکتی تھی۔ نہیں اترنا چاہتی تھی۔ وہ اپنی شکست کے اعتراف کا خیال بھی نہیں کر سکتی۔ اس نے سوچا اور وہ پریوں کی سرزمین کو جانے والی دو متوازی پگڈنڈیوں پر تھوڑی دور تک اسی طرح چلتے رہے اور پھر یہ پگڈنڈیاں ایک دوسرے کو پار کرتی ہوئی علاحدہ ہو گئیں۔

اور رفعت نے ایک روز خوشی سے اچھلتے ہوئے کہا: افروز پیاری ایک ٹریجیڈی ہو گئی۔ تم نے تو نو لفٹ کر دیا اور اس بے چارے نے اپنی شکستہ دلی سے اکتا کر آخر شادی کی درخواست کر ہی دی اور اب میں تمھارے اور ممّی کے ساتھ مسوری نہیں جا سکوں گی — ہم کشمیر جا رہے ہیں!

اور افروز کے خوابوں نے جس تخیلی کردار کو جنم دیا تھا وہ اسی کی حیثیت سے اس کی زندگی میں تھوڑے سے وقفے کے لیے آیا اور اسی طرح نکل گیا۔ افروز کے لیے وہ صرف Mr Next door Boy تھا، چاند کی وادی کا باسی۔ لیکن اب وہ مسٹر بوائے نیکسٹ ڈور نہیں رہا۔ رفعت کے نزدیک وہ محض انور تھا۔ سول سروس کا ایک اعلیٰ عہدیدار جو اگلے ماہ اس سے شادی کرنے والا تھا۔ کیونکہ رفعت، جس کے لیے زندگی ایک مسلسل جذباتی اضطراب تھی، اس کے تعاقب میں کامیاب ہو چکی تھی۔

رفعت ماہ عسل منانے کے لیے گلمرگ چلی گئی۔ افروز اپنے گھر والوں کے ساتھ حسب معمول مسوری جا رہی تھی۔

زرد چاند بہت دیر تک اس کے ساتھ ساتھ چلنے کے بعد شوالک کی پہاڑیوں کی لکیر کے پیچھے جا چھپا اور دہرہ ایکسپریس کے اندھیرے کمپارٹمنٹ میں وہ اس ادھیڑ اور باتونی

کرنل کی مسلسل آواز سے جاگ اٹھی جس نے اپنا تعارف اپنے ہم سفروں سے کرنل بھروچہ یا چڈہ یا ہانڈو یا اسی قسم کے کسی خوب صورت سے نام سے کرایا تھا۔ وہ بے حد عمدہ اردو بول رہا تھا اور اپنے خیال میں کوئی بہت ہی ضروری نکتہ بیان کر کے جو منشی سے اور اچھے لہجے میں فارسی کا کوئی شعر پڑھ ڈالتا تھا۔ اس نے کھڑکیوں میں سے آتی ہوئی رات کی خنک ہواؤں سے بچنے کے لیے ساری کا آنچل چہرے پر ڈال لیا۔ وہ کہہ رہا تھا: "استغفر اللہ! میں نے کہا، کیا قیامت ہے، مسلمان عورت کو شراب پلا رہے ہو۔ قائدِ اعظم کے پان اسلامک نظام کے اخلاقی اور مذہبی ستونوں کا کیا حشر ہو گا۔ جواب ملا، بندہ نواز! ایں ہندوستان نباشد۔ یہ جنگ کا زمانہ ہے اور یہ قاہرہ کی راتیں ہیں جہاں کی مسلمان عورتیں اپنی زندگی اور اخلاقی قدروں کو الزبتھ آرڈن اور میکس فیکٹر کے ڈبّوں میں ایئر ٹائٹ کروا کے پیرس اور نیویارک سے منگواتی ہیں اور پھر ہمارے لڑکے — میں کہتا ہوں عیش کر لینے دو۔ ساقِ سیمیں اور لب ہائے لعلیں کے شعر پڑھتے پڑھتے ختم ہو گئے — خوب پیتے ہیں — خوب ٹھاٹھ کرتے ہیں — بڑے بڑے شوہروں کی بیویاں اور اونچے اونچے باپوں کی بیٹیاں ان کے ساتھ قونصل خانے کے بال روم کی مرمریں ستونوں والی رقص گاہوں اور نیل کے روپہلے ساحلوں پر ان کے ساتھ ناچتی ہیں اور ہمارے لڑکے سب کچھ بھول کر ان وقتی لہروں کے ریلے میں بہتے جا رہے ہیں۔ میں کہتا ہوں ارے بیٹا، آج کل تمھارے تجربوں کے لیے اچھا زمانہ ہے۔ جنگ جاری ہے۔ لڑائی کے میدان سے اپنی میڈیسن اور سرجری کے ایسے ایسے نئے تجربے حاصل کر سکتے ہو جو پہلے کبھی نہ ملے تھے اور نہ اب آئندہ مل سکیں گے — پر انھیں کچھ پروا نہیں۔ میں سوچتا ہوں: چلنے دو۔ سب ٹھیک ہے۔ زندگی اسی کا نام ہے اور پھر یہ لڑکیاں — جو آپ کے چپراسیوں کے پٹکوں کی طرح کمر کے گرد دوپٹوں کے کراس بنائے اڑی پھرتی ہیں۔ یہ آندھی تو بھائی

جان سب کو بہائے لیے جا رہی ہے۔ کہاں تک اس سے بچ پاؤ گے؟" اور اس کے ایک ساتھی نے کہنا چاہا: "لیکن کرنل —" اور کرنل نے فوراً اس کی بات کاٹ دی۔

"سیکس Sex be damned my dear Sir۔ یہاں جو بات ہے وہ ہے، اسے گلاس کیس میں چھپا کر رکھ دینا کہاں کی عقل مندی ہے؟"

اُف — کیا لغویت ہے — اس نے سو جانا چاہا۔ کرنل اسی طرح باتیں کرتا رہا۔ رات کے خاموش اندھیرے میں پہیوں کے شور کی متوازن یکسانیت کرنل کی کرخت آواز سے مل جل کر بڑا ناگوار سا اثر پیدا کر رہی تھی۔ یا اللہ! زندگی کتنی ذلیل چیز ہے! اور کرنل کی باتوں کا سلسلہ جاری تھا۔

"مشرقِ وسطیٰ میں مقیم ہندوستانی فوجوں کو محفوظ کرنے کے لیے ہندوستان سے جو ڈانسنگ پارٹی گئی تھی اس میں لاہور کی ایک ہندوستانی عیسائی لڑکی ریحانہ بھی تھی۔

"مجھ سے پوچھا گیا، کرنل صاحب، آپ خاص قسم کا پرائیویٹ پرفورمینس بھی پسند کریں گے؟ میں نے کہا، بندہ نواز مفت ہاتھ آئے تو برا کیا ہے؟

"ایں — کیوں؟ ہی ہی ہی۔ ریحانہ مجھ سے ملی تو کہنے لگی: کرنل صاحب، آپ کے ہم نام ایک ڈاکٹر لاہور چھاؤنی میں بھی ہوا کرتے تھے۔ بہت اچھے آدمی تھے بے چارے۔ سنا ہے مر گئے۔ میری ماما ان کے ہسپتال میں نرس تھیں۔ بہت تعریف کیا کرتی تھیں ان کی۔ پر میں تو بہت چھوٹی تھی جب۔ میں نے ہنس کر کہا: مکرمہ! وہ تمھارے بڑے ہونے کا انتظار کرنے سے پہلے ہی کیسے مر سکتے تھے؟ ہی ہی ہی — کیوں؟ کیا خیال ہے تمھارا؟"

افروز نے پھر سونے کی کوشش کی۔ کرنل کہتا رہا: "روسی چیف آف دی اسٹاف کے ساتھ کئی سائے والیاں بھی تھیں۔ امریکن قونصل کی لڑکی کہنے لگی: "کرنل تم بہت فضول آدمی ہو، باتیں بہت کرتے ہو۔ پہلے ہمارے زکام کا علاج کرو۔"

"میں نے کہا، فضول سہی، لیکن مکرمہ، جب سر میں درد ہوتا ہے تو ہم ہی یاد آتے ہیں۔ وہ کہتی تھی کلکتے اور شملے میں میں تم ہندوستانیوں سے ملتے ہوئے ذرا ہچکچاتی تھی۔ لیکن یہ قاہرہ ہے اور یہاں کی راتیں بہت گرم ہوتی ہیں اور "شرارت" کی خوشبو میں بہت تیز۔"

ہوا افروز کا آنچل اڑا رہی تھی۔ ٹرین چلتی رہی۔ کرنل کہہ رہا تھا: "ابھی بیگماتِ اودھ نینی تال اور مسوری سے واپس نہیں آئی ہیں۔ ذرا بارشوں کے بعد لکھنؤ میں رونق آ جانے دو۔ خاکسار ایک کوک ٹیل پارٹی اور ایک ٹی ڈانس نہ چھوڑے گا۔ بھائی جان، خوب جانتا ہوں زندگی کا تعاقب کہاں تک کرنا چاہیے۔ میرا بڑا لڑکا بھی لفٹننٹ کرنل ہے اور اسے بھی معلوم ہے اور مجھے بھی کہ جہاں تک اصولوں کا تعلق ہے، ہم دونوں اپنے اپنے راستوں پر اطمینان سے چل رہے ہیں اور ہمارے راستے کبھی بھی ایک دوسرے کو نہیں کاٹ سکتے۔"

اور ٹرین کی رفتار ایک اسٹیشن کے کہر آلود دھندلکے میں داخل ہوتے ہوئے دھیمی ہوگئی اور وہ اپنے ہم سفروں کو خدا حافظ کہتا ہوا پلیٹ فارم پر اُتر گیا—زندگی کے تعاقب میں، افروز نے سوچا اور کرنل کے جانے کے بعد اس کا ایک دوست دوسرے دوست سے کہہ رہا تھا: "کرنل کی باتیں سن کر تم نے خیال کیا ہوگا کہ یہ اعلیٰ درجے کا لفنگا شخص ہے، لیکن واقعہ یہ ہے بھائی جان کہ اس سے زیادہ شریف اور پرخلوص آدمی دنیا میں ہی نہیں مل سکتا۔ اگر تم رات کے دو بجے اسے بلاؤ تو اپنا بیگ سنبھالے ننگے پاؤں بھاگتا ہوا پہنچ جائے گا۔ یہ جو کچھ کہتا یا ظاہر کرتا ہے محض اپنا اور دوسروں کا جی خوش کرنے کے لیے۔ بیوی مر چکی ہے، بڑا لڑکا بھی لفٹننٹ کرنل ہے اور ایک داماد آئی سی ایس تین لڑکیاں انگلینڈ میں ہندوستانی فوجوں کے لیے کینٹین چلا رہی ہیں۔"

اور ٹرین چلنے لگی۔ کمپارٹمنٹ میں پھر اندھیرا ہو گیا۔ افروز نے آنکھوں پر ہاتھ رکھ لیے اور اسے منظر احمد یاد آ گیا جو جلیس سے شادی کر کے اپنی نئی کار پر کشمیر جا کر ماہ عسل منانے کے پروگرام بنانے میں مصروف تھا اور اس وقت اس کو ایک بڑا پر مسرت، پر سکون سا احساس ہوا اس کا ستون اب بھی سب سے علاحدہ اور سب سے بلند ہے۔ زندگی کی اس تگ و دو، اس کشاکش سے بے نیاز اور بے تعلق زندگی کی یہ مسلسل چلو پکڑو، جانے نہ پائے، چڑیاں اور کوّے، "تتلیاں اور بھونرے، ڈھولک پر" جیسے پتنگ پیچھے ڈور" گاتی ہوئی سبز آنکھوں والی جولیٹ اور اس کے پیچھے نواب، نشاط اور اس کے افسانے ، رفعت اور اس کے پیچھے دوڑتی ہوئی منظر احمد کی تیز رفتار اسپورٹس کار، روسی چیف آف دی اسٹاف کی سائے والیاں اور ان کے پیچھے ان کے زکام اور درد سر کا علاج کرتا ہوا دل شکستہ کرنل چڈّہ یا بھڑوچہ یا ہانڈو جس کی بیوی مر چکی ہے اور جس کا بیٹا بھی لفٹننٹ کرنل ہے اور داماد آئی سی ایس اور جو ناعاقبت اندیش، ناتجربہ کار نوجوان ڈاکٹروں کو مشورہ دیتا ہے کہ بہترین موقع ہے میڈیسن اور نرسری کے تجربوں کا، زیادہ سے زیادہ فائدہ اٹھالو، نیل کے ساحلوں پر خوب ناچ لو، پھر کہاں یہ جنگ ہو گی، کہاں تم اور کہاں قاہرہ کی راتیں۔ دراصل وہ بہت اچھا آدمی ہے۔ یہاں سب بہت اچھے آدمی ہیں، ایک دوسرے کا خیال کرنے والے، ایک دوسرے کے تعاقب میں سرگرداں۔ سب اپنے اپنے محور پر تیزی سے گھوم رہے ہیں اور جو ان کی لپیٹ میں آ جاتا ہے وہ بھی اسی تیزی سے گھومنے لگتا ہے اور اس بھاگتی ہوئی دنیا میں صلاح الدین محمود اور مسٹر بوائے نیکسٹ ڈور کے تخیلی کرداروں کی قطعی کوئی جگہ نہیں۔

اور پھر یک لخت اسے ایک بے حد عجیب خیال آیا: نہایت شدت سے اس کا جی چاہا کہ وہ کھڑکی میں سے پکار کر کہے: کرنل چڈہ، ادھر آؤ، میری بات سنو، تم بالکل ٹھیک کہتے

ہو۔ زندگی اسی کا نام ہے۔ میری بات سنتے جاؤ۔ خوب زور زور سے چلّائے: کرنل چڈّہ، کرنل بھڑوچہ، کرنل ہانڈو!

لیکن کرنل کب کا پلیٹ فارم کے دھندلکے میں کھو چکا تھا۔

اور مونالیزا کے ہونٹوں پر ہلکا سا تبسم بکھر گیا جیسے وہ یہ سب بہت پہلے سمجھ چکی ہے۔

(۴) نظّارہ درمیاں ہے

تارا بائی صبح کو بیڈ روم میں چائے لاتی ہے بڑی عقیدت سے صاحب کے جوتوں پر پالش اور کپڑوں پر استری کرتی ہے، ان کے شیو کا پانی لگاتی ہے، جھاڑو پوچھا کرتے وقت وہ بڑی حیرت سے ان خوبصورت چیزوں پر ہاتھ پھیرتی ہے، جو صاحب اپنے ساتھ پیرس سے لائے ہیں، ان کا وائلن وارڈروب کے اوپر رکھا ہے، جب پہلی بار تارا بائی نے بیڈ روم کی صفائی کی تو وائلن پر بڑی دیر تک ہاتھ پھیرا، مگر پرسوں صبح حسب معمول جب وہ بڑی نفاست سے وائلن صاف کر رہی تھی تو نرم مزاج اور شریف صاحب اسی وقت کمرے میں آ گئے اور اس پر برس پڑے کہ وائلن کو ہاتھ کیوں لگایا اور تارا بائی کے ہاتھ سے چھین کر اسے الماری کے اوپر پٹخ دیا، تارا بائی سہم گئی اور اس کی آنکھوں میں آنسو آ گئے اور صاحب ذرا شرمندہ سے ہو کر باہر برآمدے میں چلے گئے، جہاں بیگم صاحبہ چائے پی رہی تھی ویسے بیگم صاحبہ کی صبح ہیئر ڈریسر اور بیوٹی سلیون میں گزرتی ہے مینی کیور، پیڈی کیور، تاج نیشنل ایک سے ایک بڑھیا ساڑھیاں، درجنوں رنگ برنگے سینٹس، اور عطر کے ڈبے اور گہنے ان کی الماریوں میں پڑے ہیں۔ مگر تارا بائی سوچتی ہے، بھگوان نے میم صاحب کو دولت بھی، اجت بھی اور ایسا سندر پتی دیا، بس شکل دینے میں کنجوسی کر گئے۔

سنا ہے کہ صاحب اپنی خوبصورتی کی وجہ سے میم صاحبوں کی سوسائٹی میں بے حد مقبول تھے، مگر بیاہ کے بعد سے بیگم صاحبہ نے ان پر بہت سے پابندیاں لگا دی ہیں، دفتر جاتے ہیں تو دن میں کئی بار فون کرتی ہیں، شام کو کسی کام سے باہر جائیں تو بیگم صاحبہ کو پتہ رہتا ہے، کہ کہاں گئے ہیں اور ان جگھوں پر فون کرتی ہیں، شام کو سیر و تفریح اور ملنے

ملانے کیلئے دونوں باہر جاتے ہیں تب بھی بیگم صاحب بڑی کڑی نگرانی رکھتی ہیں مجال ہے جو کسی دوسری لڑکی پر نظر ڈالیں، صاحب نے یہ سارے قاعدے قانون ہنسی خوشی قبول کر لئے ہیں، کیونکہ بیگم صاحبہ بہت امیر اور صاحب کی نوکری بھی ان کے دولت مند سسر نے دلوائی ہے، ورنہ بیاہ سے پہلے صاحب بہت غریب تھے اسکالرشپ پر انجنیئرنگ پڑھنے فرانس گئے تھے، واپس آئے تو روزگار نہیں ملا، پریشان حال گھوم رہے تھے جب ہی بیگم صاحبہ کے گھر والوں نے انہیں پھانس لیا، بڑے لوگوں کی دنیا کے عجیب قصے تارا بائی فلیٹ کے مستری باورچی اور دوسرے نوکروں سے سنتی اور اس کی آنکھیں اچنبھے سے کھلی رہتی ہیں، خورشید عالم بڑے اچھے اور وائلن نواز آدمی تھے، مگر جب سے بیاہ ہوا تو بیوی کی محبت میں ایسے کھوئے کہ وائلن کو ہاتھ نہیں لگایا، کیونکہ الماس بیگم کو اس ساز سے دلی نفرت تھی، خورشید عالم بیوی کے بے حد احسان مند ہیں کیونکہ اس شادی سے ان کی زندگی بدل گئی، اور احسان مندی ایسی شے ہے کہ انسان سنگیت کی قربانی بھی دے سکتا ہے، خورشید عالم شہر کی ایک خستہ عمارت میں پڑے تھے اور بسوں میں مارے مارے پھرتے تھے اب لکھ پتی کی حیثیت سے کمبالاہل میں فروکش ہیں۔ مرد کیلئے اس کا اقتصادی تحفظ غالباً سب سے بڑی چیز ہے۔

خورشید عالم اب وائلن کبھی نہیں بجائیں گے، یہ صرف ڈیڑھ سال پہلے کا ذکر ہے کہ الماس اپنے ملک التجار باپ کی عالی شان کوٹھی میں مالابار ہل پر رہتی تھی، وہ سوشل ورکر رہی تھی، اور عمر زیادہ ہو جانے کے کارن شادی کی امید سے دست بردار ہو چکی تھی جب ایک دعوت میں ان کی ملاقات خورشید عالم سے ہوئی اور ان کی جہاں دیدہ خالہ بیگم عثمانی نے ممکنات بھانپ کر اپنے جاسوسوں کے ذریعہ معلومات فراہم کیں، لڑکا یوپی کا ہے، یورپ سے لوٹ کر تلاش معاش میں سرگرداں ہے مگر شادی پر تیار نہیں کیونکہ فرانس

میں ایک لڑکی چھوڑ آیا ہے اور اس کی آمد کا منتظر ہے۔ بیگم عثمانی فوراً اپنی مہم پر جٹ گئیں، الماس کے والد نے اپنی ایک فرم میں خورشید عالم کو پندرہ سو روپے ماہوار پر ملازم رکھ لیا، الماس کی والدہ نے انہیں اپنے ہاں مدعو کیا اور الماس سے ملاقاتیں خود بخود شروع ہو گئیں، مگر پھر بھی لڑکے نے لڑکی کے سلسلے میں کسی گرم جوشی کا اظہار نہیں کیا، دفتر سے لوٹ کر انہیں بیشتر وقت الماس کے ہاں گزارنا پڑتا اور اس لڑکی کی سطحی گفتگو سے اکتا کر اُس پر فضا بالکنی میں جا کر کھڑے ہوتے جس کا رخ سمندر کی طرف تھا، پھر وہ سوچتے ایک دن اس کا جہاز آ کر اس ساحل پر لگے لگا، اور وہ اس میں سے اترے گی، اسے ہمراہ ہی آ جانا چاہیئے تھا مگر پیرس میں کالج میں اس کا کام ختم نہیں ہوا تھا۔ اس کا جہاز ساحل سے آگے نکل گیا، وہ بالکنی کے جنگلے پر جھکے افق کو تکتے رہتے الماس اندر سے نکل کر شگفتگی سے ان کے کندھے پر ہاتھ رکھ کر پوچھتی، "کیا سوچ رہے ہیں"۔ وہ ذرا جھینپ کر دیتے۔

رات کے کھانے پر الماس کے والد کے ساتھ ملکی سیاست سے وابستہ ہائی فنانس پر تبادلۂ خیالات کرنے کے بعد وہ تھکے ہارے اپنی جائے قیام پر پہنچتے اور وائلن نکال کر دھنیں بجانے لگتے، جو اس کی سنگت میں پیرس میں بجایا کرتے تھے، وہ دونوں ہر تیسرے دن ایک دوسرے کو خط لکھتے تھے، اور پچھلے خط میں انہوں نے اسے اطلاع دی تھی انہیں بمبئی ہی میں بڑی عمدہ ملازمت مل گئی ہے، ملازمت کے ساتھ جو خوفناک شاخسانے بھی تھے اس کا ذکر انہوں نے خط میں نہیں کیا تھا۔

ایک برس گزر گیا مگر انہوں نے الماس سے شادی کا کوئی ارادہ ظاہر نہیں کیا، آخر عثمانی بیگم نے طے کیا کہ خود ہی ان سے صاف صاف بات کر لینا چاہیئے، عین مناسب ہو گا۔ مگر تب ہی پرتاب گڑھ سے تار آیا کہ خورشید عالم کے والد سخت بیمار ہیں اور وہ چھٹی لے کر وطن واپس روانہ ہو گئے۔ ان کو پرتاب گڑھ گئے چند روز ہی گزرے تھے کہ

الماس جو ان کی طرف سے ناامید ہو چکی تھی ایک شام اپنی سہیلیوں کے ساتھ ایک جرمن پیانسٹ کا کنسرٹ سننے تاج محل میں گئی۔ کرسٹل روم میں حسب معمول بوڑھے پارسیوں اور پاسنوں کا مجمع تھا، اور ایک حسین آنکھوں والی پارسی لڑکی کنسرٹ کا پروگرام بانٹی پھر رہی تھی۔ ایک شناسا خاتون نے الماس کا تعارف اس لڑکی سے کرایا، الماس نے حسب عادت بڑی ناقدانہ اور تیکھی نظروں سے اس اجنبی لڑکی کا جائزہ لیا لڑکی بے حد حسین تھی، "آپ کا نام کیا بتایا مسز رستم جی نے؟" الماس نے ذرا مشتاقانہ انداز میں سوال کیا۔

"پیروجا دستور" لڑکی نے سادگی سے جواب دیا۔ "میں نے آپ کو پہلے کسی کنسرٹ وغیرہ میں نہیں دیکھا۔"

"میں سات برس بعد پچھلے ہفتے ہی پیرس سے آئی ہوں۔"

"سات برس پیرس میں تب تو آپ فرنچ خوب فرفر بول لیتی ہوں گی؟" الماس نے ذرا ناگواری سے کہا۔ "جی ہاں" پیروجا ہنسنے لگی۔ اب خاص خاص مہمان جرمن پیانسٹ کے ہمراہ لاؤنج کی سمت بڑھ رہے تھے۔ پیروجا الماس سے معذرت چاہ کر ایک انگریز خاتون سے اس پیانسٹ کی موسیقی پر بے حد ٹیکنیکل قسم کا تبصرہ کرنے میں منہمک ہوگئی، لیکن لیکن لاؤنج میں پہنچ کر الماس پھر اس لڑکی سے ٹکرا گئی۔ "کمرے میں چائے کی گہما گہمی شروع ہو چکی ہے، آیئے یہاں بیٹھ جائیں" پیروجا نے مسکرا کر الماس سے کہا۔ وہ دونوں دریچے سے لگی ہوئی ایک میز پر آمنے سامنے بیٹھ گئیں۔ "آپ تو ویسٹرن میوزک کی ایکسپرٹ معلوم ہوتی ہیں" الماس نے ذرا رکھائی سے بات شروع کی کیونکہ وہ خوب صورت اور کم عمر لڑکیوں کو ہرگز برداشت نہ کر سکتی تھی۔ "جی ہاں میں پیرس میں پیانو کی اعلیٰ تعلیم کیلئے گئی تھی۔"

الماس کے ذہن میں کہیں دور خطرے کی گھنٹی بجی اس نے باہر سمندر کی شفاف اور بے حد نیلی سطح پر نظر ڈال کر بڑے اخلاق اور بے تکلفی سے کہا، "ہاؤ انٹرسٹنگ، پیانو تو ہمارے پاس بھی موجود ہے کسی روز آکر کچھ سناؤ"۔

"ضرور" پیروجا نے مسرت سے جواب دیا، "سنیچر کے روز کیا پروگرام ہے تمہارا میں اپنے ہاں ایک پارٹی کر رہی ہوں، سہیلیاں تم سے مل کر بہت خوش ہوں گی۔"

"آئی وڈ لو ٹو کم۔۔۔ تھینک یو؟"

"تم رہتی کہاں ہو پیروجا؟"

پیروجا نے تار دیو کی ایک گلی کا پتہ بتایا، الماس نے ذرا اطمینان کی سانس لی، تار دیو مفلوک الحال پارسیوں کا محلہ ہے۔ "میں اپنے چچا کے ساتھ رہتی ہوں میرے والد کا انتقال ہو چکا ہے، میرے کوئی بھائی بہن بھی نہیں، مجھے چچا ہی نے پالا ہے، وہ لاولد ہے، چچا ایک بینک میں کلرک ہیں"۔ پیروجا سادگی سے کہتی رہی۔ پھر ادھر ادھر کی چند باتوں کے بعد سمندر کی پر سکون سطح دیکھتے ہوئے اس نے اچانک کہا "کیسی عجیب بات ہے، پچھلے ہفتہ جب میرا جہاز اس ساحل کی طرف بڑھ رہا تھا تو میں سوچ رہی تھی کہ اتنے عرصے کے بعد اجنبیوں کی طرح بمبئی واپس پہنچ رہی ہوں، یہ بڑا کٹھور شہر ہے تم کو معلوم ہی ہو گا، الماس مخلص دوست یہاں بہت مشکل سے ملتے ہیں، مگر میری خوشی دیکھو آج تم سے ملاقات ہو گئی۔"

الماس نے دردمندی کے ساتھ سر ہلا دیا، لاؤنج میں باتوں کی دھیمی دھیمی بھنبھناہٹ جاتی تھی، چند لمحوں کے بعد اس نے پوچھا "تم پیرس کیسے گئیں؟"

"مجھے اسکالرشپ مل گیا تھا، وہاں پیانو کی ڈگری کی بعد چند سال تک میوزک کالج میں ریسرچ کرتی رہی / میں وہاں بہت خوش تھی مگر یہاں میرے چچا بالکل اکیلے تھے، وہ

دونوں بہت بوڑھے ہو چکے ہیں، چچی بیچاری تو ضعیف العمری کی وجہ بالکل بہری بھی ہو گئیں ہیں ان کی خاطر وطن واپس آئی اور اس کے علاوہ۔۔۔۔"

"ہلو الماس تم یہاں بیٹھی ہوں، چلو جلدی مسز ملگاؤں تم کو بلا رہی ہیں" ایک خاتون نے میز کے پاس آکر کہا۔ پیروجا کی بات ادھوری رہ گئی، الماس نے اس سے بات کہتے ہوئے معذرت چاہی کہ وہ سنیچر کو صبح گیارہ بجے کار بھیج دے گی، وہ میز سے اٹھ کر مہمانوں کے مجمع میں کھو گئی۔

سنیچر کے روز پیروجا الماس کے گھر پہنچی، جہاں مرغیوں کی پارٹی اپنے عروج پر تھی۔ بیٹلز کے ریکارڈ بج رہے تھے۔ چند لڑکیاں جنہوں نے چند روز پہلے ایک فیشن شو میں حصہ لیا تھا، زور شور سے اس پر تبصرہ کر رہی تھیں۔ یہ سب لڑکیاں جن کی ماتر بھاشائیں اردو، ہندی، گجراتی اور مراٹھی تھیں، انگریزی اور صرف انگریزی بول رہی تھیں۔ اور انہوں نے بے حد چست پتلونیں پہن رکھی تھیں۔ پیروجا کو ایک لمحے کیلئے محسوس ہوا کہ وہ ابھی ہندوستان واپس نہیں آئی ہے۔ برسوں یورپ میں رہ کر اسے معلوم ہو چکا تھا کہ جنتا کی زندہ تصویروں کے بجائے ان مغربیت زدہ ہندوستانی خواتین کو دیکھ کر اہل یورپ کو سخت افسوس اور مایوسی ہوتی ہے، چنانچہ پیروجا پیرس اور روم میں اپنی ٹھیٹ ہندوستانی وضع قطع پر بڑی نازاں رہتی تھی، بمبئی کی ان نقلی امریکن لڑکیوں سے اکتا کر وہ بالکنی میں جا کھڑی ہوئی جس کے سامنے سمندر تھا اور پہلو میں برج خموشاں کا جنگل نظر آ رہا تھا۔ وہ چونک اٹھی گھنے جنگل کے اوپر کھلی فضاؤں میں چند گدھ اور کوے منڈلا رہے تھے، اور چاروں طرف بڑا ڈراؤنا سناٹا طاری تھا۔ وہ گھبرا کر واپس نیچے اتری اور زندگی سے گونجتے ہوئے کمرے میں آکر صوفے پر ٹک گئی۔

کمرے کے ایک کونے میں غالباً بطور آرائش گرینڈ پیانو رکھا ہوا تھا، لڑکیاں اب

ریڈیو گرام پر ببلی ببلا فوٹنے کا پران کلسپو جمیکا فیئر بجا رہی تھی، اور گٹار کی جان لیوا گونج کمرے میں پھیلنے لگی۔

Down the way where the nights are gay and the sun shines daily in the mountain top,

I took a trip on a sailing ship and when I reached Jamaica I made a stop

But I am sad today

I m on my way

And won't be back for many days

I had to leave a little girl in Kingstone town...

الماس چپ چاپ جا کر بالکنی میں کھڑی ہو گئی، ریکارڈ ختم ہوا تو اس نے پیروجا سے کہا، }ہم لوگ سخت بد مذاق ہیں ایک ماہر پیانسٹ یہاں بیٹھی ہے اور ریکارڈ بجا رہے ہیں۔ --چلو بھائی----اٹھو----

پیروجا مسکراتی ہوئی پیانو کے اسٹول پر بیٹھ گئی۔

"کیا سناؤں، میں تو صرف کلاسیکی میوزک ہی بجاتی ہوں۔"

"ہائے---پوپ---نہیں؟" لڑکیوں نے غل مچایا----"اچھا کوئی انڈین فلم سانگ ہی بجاؤ----"

"فلم سانگ بھی مجھے نہیں آتے----مگر ایک غزل یاد ہے----جو مجھے----جو مجھے----" وہ جھینپ کر ٹھٹک گئی---"غزل؟ اوہ آئی لو پوئیٹری۔" ایک مسلمان لڑکی جس کے والدین اہل زبان تھے بڑے سرپرستانہ انداز میں کہا۔

پیروجا نے پردوں پر انگلیاں پھیریں اور ایک انجانی مسرور پھریری سی آئی پھر اس نے آہستہ آہستہ ایک دل کش دھن بجانا شروع کیا۔ " گاؤ بھی ساتھ ساتھ لڑکیاں چلائیں۔

" بھئی میں گا نہیں سکتی، میرا اردو تلفظ بہت خطرناک ہے۔"

"اچھا اس کے الفاظ بتادو۔۔۔ ہم لوگ گائیں گے۔"

"وہ کچھ اس طرح ہے۔۔"۔ پیروجا نے کہا۔

"تو سامنے ہے اپنے بہتا کہ تو کہاں ہے۔

کس طرح تجھ کو دیکھوں نظارہ درمیاں ہے"

چند لڑکیوں نے ساتھ ساتھ گانا شروع کیا، "نظّارہ درمیاں ہے۔۔۔۔نظّارہ درمیاں ہے۔"

غزل ختم ہوئی تالیاں بجیں۔

"اب کوئی ویسٹرن چیز بجاؤ۔۔۔۔" ایک لڑکی نے فرمائش کی۔۔۔

"شوپاں کی میڈنز فینسی بجاؤں؟" یہ نغمہ میں اور میرا منگیتر ہمیشہ اکھٹے بجاتے تھے، پیرس میں وہ وائلن پر میری سنگت کرتے تھے۔

"تمہارے منگیتر بھی میوزیشن ہیں؟" ایک لڑکی نے پوچھا۔

"پروفیشنل نہیں شوقیہ" پیروجا نے جواب دیا اور نغمہ بجانے میں محو ہوگئی۔

اگلے ہفتوں میں الماس نے پیروجا سے بڑی گہری دوستی گانٹھ لی۔ اس دوران میں پیروجا نے کو ایک کانونٹ کالج میں پیانو سکھانے کی نوکری مل گئی، جو تعطیلات کے بعد کھلنے والا تھا۔ ہفتے میں تین بار ایک امریکن کی دس سالہ لڑکی کو پیانو سکھانے کا ٹیوشن بھی اسے مل گیا تھا۔ امریکن کی بیوی کا حال ہی میں انتقال ہوا تھا اور وہ اپنا غم بھلانے کیلئے اپنے

بچوں کے ہمراہ بغرض سیاحت ہندوستان آیا ہوا تھا۔ اور جوہو میں سن اور سینڈ میں مقیم تھا۔ تاردیو سے جوہو کا سفر خاصا طویل تھا مگر امریکن پیروجا کو اچھی تنخواہ دینے والا تھا، اور بڑی شفقت سے پیش آتا تھا۔ پیروجا اپنی زندگی سے فی الحال بہت خوش تھی، چند روز بعد وہ اپنے وطن سے آنے والا تھا۔ پیروجا نے اسے بمبئی آتے ہی ملازمت اور ٹیوشن ملنے کی اطلاع نہیں دی تھی، کہ وہ اسے ایک اچانک سرپرائز دینا چاہتی تھی۔

ایک روز الماس کے ساتھ اس کی کوٹھی کے باغ میں ٹہل رہی تھی کہ فوارے پر پہنچ کر الماس نے اس دفعتاً سوال کیا "تم نے وہ غزل کہاں سے سیکھی تھی؟"

"اوہ۔۔۔وہ۔۔۔۔؟ پیرس میں۔۔۔"

" پیرس میں ہاؤ انٹرسٹنگ کس نے سکھائی؟ "

"میرے منگیتر نے۔۔۔"

"اوہ پیروجا، تم نے مجھ کو بتایا بھی نہیں اب تک "

"تمہاری ہی کمیونٹی کے ہیں وہ۔۔۔۔۔"

"اوہ۔۔واقعی۔۔۔" الماس فوارے کی مینڈ پر بیٹھ گئی۔

میرے باپ دادستو تھے میرے چچا بہت روشن خیال ہیں انہوں نے اجازت دے دی ہے۔

کیا نام ہے صاحب زادے کا؟

یہ ناموں کا بھی عجیب قصہ تھا۔ خورشید عالم اس کی نرگسی آنکھوں پر عاشق ہوئے تھے۔ جب پیرس کے ہندوستانی سفارت خانے کی ایک تقریب میں پہلی ملاقات ہوئی اور کسی نے اس کا تعارف پیروجا کہہ کر ان سے کرایا تو انہوں نے شرارت سے کہا تھا کہ " لیکن آپ کا نام نرگس ہونا چاہیے تھا۔"

پیروجا نے جواب دیا: "نرگیش؟ نرگیش تو میری آنٹی کا نام ہے۔"

"لاحول ولا قوۃ۔۔۔" خورشید عالم نے ایسی بے تکلفی سے کہا تھا جیسے اسے ہمیشہ سے جانتے ہوں۔۔۔۔ "نرگیش۔ کھورشیٹ، پیروجا۔ آپ لوگوں نے حسین ایرانی ناموں کی ریڑھ ماری ہے، میں آپ کو فیروزہ پکاروں تو کوئی اعتراض ہے؟"

"ہرگز نہیں" پیروجا نے ہنس کر جواب دیا تھا، اور پھر ایک بار خورشید عالم نے دریا کنارے ٹہلتے ہوئے اس سے کہا تھا "یہ تمہاری بہادر آنکھیں، ہفت زبان آنکھیں۔۔۔۔ جگنو ایسی شہاب ثاقب ایسی، ہیرے جواہرات ایسی، روشن دھوپ اور جھلملاتی بارش ایسی آنکھیں۔۔۔۔ نرگس کے پھول جو تمہارے آنکھوں میں تبدیل ہو گئے"۔

"میں نے پوچھا کیا نام ہے ان صاحب کا؟" الماس کی تیکھی آواز پر وہ چونکی۔

"کھورشیٹ عالم۔" پیروجا نے جواب دیا، چند لمحوں کے سکوت کے بعد اس نے گھبرا کر نظریں اٹھائیں، سیاہ ساری میں ملبوس، کمر پر ہاتھ رکھے سیاہ اونٹ کی طرح اس کے سامنے کھڑی الماس اس سے کہہ رہی تھی "کیسا عجیب اتفاق ہے پیروجا ڈئیر۔ میرے منگیتر کا نام بھی خورشید عالم ہے۔ وہ بھی وائلن بجاتے ہیں اور وہ بھی پیرس سے آئے ہوئے ہیں، اور ان دنوں اپنے ملنے والوں سے ملنے کے لیے وطن گئے ہوئے ہیں۔"

اگست کے آسمان پر زور سے بجلی چمکی مگر کسی نے نہیں دیکھا کہ وہ کڑکتی ہوئی بجلی آن کر پیروجا پر گر گئی۔ وہ کچھ دیر تک ساکت بیٹھی رہی، پھر اس نے اس عالی شان عمارت پر نظر ڈالی اور اپنے پرانے اور چھوٹے سے فلیٹ کا تصور کیا، بجلی پھر چمکی اور مالابار ہل کے اس منظر کو روشن کر گئی، چشم زدن میں ساری بات پیروجا کی سمجھ میں آ گئی، اور یہ بھی کہ اپنے نظروں میں خورشید عالم نے الماس کا ذکر کیوں نہیں کیا تھا، اور کچھ عرصے شادی کے تذکرہ کو وہ کس وجہ سے اپنے خط میں ٹال رہے تھے، وہ آہستہ سے اٹھی اور اس نے آہستہ

سے کہا "اچھا بھئی الماس، منگنی مبارک ہو خدا حافظ۔"

"جا رہی ہو پیروجا؟ ٹھہرو میری کار تم کو پہنچا آئے گی۔۔۔ڈرائیور۔۔۔۔!!" الماس نے سکون کے ساتھ آواز دی۔

"نہیں الماس شکریہ" وہ تقریباً بھاگتی ہوئی پھاٹک سے نکلی۔۔۔ سڑک سے دوسری طرف اسی وقت بس آن کر رکی، وہ تیزی سے سڑک پار کر کے بس میں سوار ہو گئی۔

فوراے کے پاس کھڑی الماس پھاٹک کی طرف دیکھتی رہی، بارش کی زبردست بوچھاڑ نے پام کے درختوں کو جھکا دیا۔

اس واقعے کے تیسرے روز خورشید عالم کا خط الماس کے والد کے نام آیا جس میں انہوں نے اپنے ابا میاں کی شدید علالت کی وجہ سے رخصت کی میعاد بڑھانے کی درخواست کی تھی۔ انہوں نے الماس کے والد کو یہ نہیں لکھا کہ اس خبر سے کہ ان کا اکلوتا لڑکا کسی مسلمان رئیس زادی کے بجائے کسی پارسن سے شادی کر رہا ہے، ان کے کٹر مذہبی ابا جان صدمے کے باعث جاں بلب ہو چکے ہیں، خورشید عالم کے خط سے ظاہر تھا کہ وہ بیحد پریشان ہیں جواب میں الماس نے خود انھیں لکھا۔

"آپ جتنے دن چاہے وہاں رہیں ڈیڈی آپ کو غیر نہیں سمجھتے ہم سب آپ کی پریشانی میں شریک ہیں، آپ ابا میاں کو علاج کیلئے یہاں کیوں نہیں لے آتے؟

برسبیل تذکرہ کل میں سوئمنگ کیلئے سن اینڈ گئی تھی، وہاں ایک بڑی دل چپ پارسن مس پیروجا سے ملاقات ہوئی جو پیانو بجاتی ہے اور پیرس سے آئی ہے، اور شاید کسی امریکن کی گرل فرینڈ ہے اور شاید اسی کے ساتھ سن اینڈ سینڈ میں ٹھہری ہوئی ہے میں نے آپ کو اس لئے لکھا کہ غالباً آپ بھی کبھی اس سے ملے ہوں پیرس میں۔۔۔

اچھا۔۔۔ اب آپ ابا میاں کو لے آکر آجایئے، تاکہ یہاں بریج کنیڈی ہسپتال میں

ان کیلئے کمرہ ریزور کرلیا جائے۔

آپ کی مخلص۔۔۔۔الماس۔۔۔"

شام پڑے تاردیو کی خستہ حال عمارت کے سامنے ٹیکسی آکر رکی اور خورشید عالم باہر اترے جیب سے نوٹ بک نکال کر انہوں نے ایڈریس پر نظر ڈالی اور عمارت کے لب سڑک برآمدے کی دھنسی ہوئی سیڑھی پر قدم رکھا۔ سامنے ایک دروازے کی چوکھٹ پر چونے سے جو چوک صبح بنایا گیا تھا، وہ اب تک موجود تھا اندر نیم تاریک کمرے کے سرے پر کھڑکی میں ایک بوڑھا پارسی میلی سفید پتلون پہنے سر پر گول ٹوپی اوڑھے کمرے میں زیرلب دعائیں پڑھ رہا تھا۔ ایک طرف میلی سی کرسی پڑی تھی وسطی میز پر رنگین موم جامہ بچھا تھا، دیوار پر زرتشت کی بڑی تصویر آویزاں تھی۔ کمرے میں ناریل اور مچھلی کی تیز باس اڈ رہی تھی۔ ایک بوڑھی پارسن سرخ جارجٹ کی ساڑھی پہنے سر پر رومال باندھے منڈیا ہلاتی اندر سے نکلی۔

"مس پیروجا دستور ہیں؟"

"پیروجا؟" پارسن نے دھندلی آنکھوں سے خورشید عالم دیکھتے ہوئے سوال کیا۔" کیا مس دستور سن اینڈ سینڈ میں منتقل ہوگئی ہیں؟"

بہری پٹ نے اقرار میں سر ہلایا۔

"کس کے۔۔۔کے ساتھ۔۔؟"خورشید عالم نے ہلکا کر پوچھا۔

بوڑھی عورت اندر گئی اور ایک وزیٹنگ کارڈ لاکر خورشید کی ہتھیلی پر رکھ دیا، کارڈ پر کسی امریکن کا نام درج تھا۔

"تم مسٹر کھور شیٹ عالم ہو؟ پیروجا نے کہا تھا کہ تم آنے والے ہو اگر اسے ڈھونڈتے ہوئے یہاں آؤ تو میں فوراً اس کو جوہو فون کردوں اور تم کو یہ بتاؤ وہ کہاں گئی

ہے "۔ اس نے بلاؤز کی جیب سے پچیس پیسے نکالے۔ خورشید عالم نے ہکابکا ہو کر بوڑھی کو دیکھا۔

"آپ کو ایسی صورت حال پر کوئی اعتراض نہیں؟"

بہری نے نفی میں سر ہلایا، "ہم بہت غریب لوگ ہیں، مگر اب پیروجا کو ایک امریکن۔۔" دفعتاً بوڑھی پارسن کو یاد آیا کہ انہوں نے مہمانوں کو اندر ہی نہیں بلایا ہے اور انہوں نے پیٹھ جھکا کر کہا "آؤ اندر آجاؤ۔"

خورشید عالم مبہوت کھڑے رہے پھر تیزی سے پلٹ کر ٹیکسی میں جابیٹھے۔

"بائی بائی "ضعیفہ نے ہاتھ ہلایا۔

بوڑھا پارسی دعا ختم کر کے باہر لپکا مگر ٹیکسی زن سے آگے جاچکی تھی۔

جس روز الماس اور خورشید عالم کی منگنی کی دعوت تھی، ایسی ٹوٹ کر بارش ہوئی کہ جل تھل ایک ہوگئے۔ ڈنر سے ذرا پہلے بارش تھمی اور خورشید عالم اور الماس کے والد کے دوست ڈاکٹر صدیقی جو حال ہی میں تبدیل ہو کر بمبئ آئے تھے، بالکنی میں جا کھڑے ہوئے، جس سے کچھ فاصلے پر برج خموشاں کا اندھیرا سائیں سائیں کر رہا تھا۔ اندر ڈرائنگ روم میں قہقہے گونج رہے تھے اور گرینڈ پیانو پر رکھے ہوئے شمعدان میں موم بتیاں جھلملا رہی تھیں۔ بڑا سخت رومینٹک اور پر کیف وقت تھا۔ اتنے میں گیلری میں ٹیلی فون کی گھنٹی بجی ایک ملازم نے آکر الماس سے کہا "خورشید صاحب کیلئے فون آیا ہے" دلہن بنی ہوئی الماس لپک کر فون پر پہنچی۔ ایک مقامی ہسپتال سے ایک نرس پریشان آواز میں دریافت کر رہی تھی، "کیا مسٹر عالم وہاں موجود ہیں؟"

"آپ بتایئے آپ کو مسٹر عالم سے کیا کام ہے؟" الماس نے درشتی سے پوچھا۔۔

"مس پیروجا دستور ایک مہینے سے یہاں سخت بیمار پڑی ہیں آج ان کی حالت زیادہ

نازک ہو گئی ہے انہوں نے کہلوایا ہے اگر چند منٹ کیلئے مسٹر عالم یہاں آسکیں"

"مسٹر عالم یہاں نہیں ہیں۔"

"آر یو شیور؟"

"یس آئی ایم شیور۔۔۔" الماس نے گرج کر جواب دیا، "کیا آپ سمجھتی ہیں میں جھوٹ بول رہی ہوں؟" اور کھٹ سے فون بند کر دیا۔

دو گھنٹے بعد پھر فون آیا۔

"ڈاکٹر صدیقی آپ کی کال۔۔۔۔" گیلری میں کسی نے آواز دی" آپ کو فوراً ہسپتال بلایا گیا ہے"۔ ڈاکٹر صدیقی جلدی سے ٹیلی فون پر گئے۔ پھر انہوں نے الماس کو آواز دی، "بھئی معاف کرنا مجھے بھاگنا پڑ رہا ہے۔"

الماس دروازے تک آئی" کل ضرور ہم لوگ ویک اینڈ کیلئے پونا جا رہے ہیں۔"

"ضرور۔۔۔۔ ضرور۔۔۔۔ گڈ نائٹ۔۔۔۔" ڈاکٹر صدیقی نے کہا اور باہر نکل گئے۔

بریچ کنیڈی کے ہسپتال میں صحت یاب ہو کر خورشید عالم کے ابا میاں خوش خوش پرتاب گدھ واپس جا چکے ہیں، جب تک کمبالا بل والا فلیٹ تیار نہیں ہوا جو دلہن کو جہیز میں ملا تھا، شادی کے بعد دولہا میاں سسرال ہی میں رہے، اکثر وہ صبح کو دفتر جانے سے پہلے بالکنی میں جا کر کھڑے ہوتے۔ نیچے پہاڑ کے گھنے باغ میں گزرتی بل کھاتی سڑک برج خموشاں کی طرف جاتی تھی۔ دفعتاً سفید براق کپڑوں میں ملبوس پارسی سفید رومالوں کے ذریعہ ایک دوسرے کے ہاتھ تھامے قطاریں بنائے جنازہ اٹھائے دور پہاڑی پر چڑھتے ہوئے نظر آئے۔ کوّے اور گدھ درختوں پر منتظر بیٹھے رہتے، برج خموشاں کے احاطے کے پھاٹک کے باہر زندگی کا پر جوش سمندر اسی طرح دنیا میں پھیلے ہے ایک سے ایک دلچسپ شہروں تک سفر کرنے کی دعوت میں مصروف رہتا۔

اس نے ایک بار خط میں لکھا تھا، "ذہن کی ہزاروں آنکھیں ہیں، دل کی آنکھ صرف ایک لیکن جب محبت ختم ہو جائے تو ساری زندگی ختم ہو جاتی ہے۔"

سمندر کی موج پل کی پل میں فنا ہو گئی، آسمان پر سے گزرنے والے بادل فضا میں غائب ہو چکے تب وہ مری ہو گی تو کوؤں اور گدھوں نے اس کا کس طرح سواگت کیا ہو گا، اس طوفانی رات کو ہسپتال کے وارڈ سے نکل کر اس کی روح جب آسمانوں پر پہنچی ہو گی، اور عالم بالا کے گھپ اندھیرے میں یا کسی دوسری روح نے اسے پوچھا ہو گا تم کون ہوں؟ تو اس نے جواب دیا ہو گا، "پتہ نہیں۔۔۔ میں کل ہی تو مری ہوں؟"

اب تک اس کی روح کہاں سے کہاں نکل گئی ہو گی، مرے ہوئے انسان زیادہ تیزی سے سفر کرتے ہیں۔

تارابائی اپنی روشن آنکھوں سے صاحب کے گھر کی ہر چیز کو ارمان اور حیرت سے دیکھتی ہے، وہ صاحب کو حیرت سے تکا کرتی ہے، الماس بیگم اب امید سے ہیں بہت جلد تارابائی کا کام دگنا بڑھ جائے گا، آج صبح آئی اسپیشلسٹ ڈاکٹر صدیقی آئے تھے، جب تارا بائی ان کیلئے چائے لے کر برآمدے میں گئی تو وہ چونک پڑے اور خوشی سے پوچھا "ارے تارابائی، تم یہاں کام کر رہی ہو؟"

"جی صاحب۔۔۔۔" تارابائی نے شرما کر جواب دیا۔

"اب صاف دکھائی دیتا ہے، جی داگدر جی۔۔۔ اب سب کچھ بہت صاف سجھائی دیتا ہے۔"

"گڈ۔۔۔" پھر وہ مسٹر اور مسز خورشید عالم سے مخاطب ہوئے۔ "بھئی یہ لڑکی دس سال کی عمر میں اندھی ہو گئی تھی، مگر خوش قسمتی سے اس کا اندھاپن عارضی ثابت ہوا۔ تمہیں یاد ہے الماس تمہاری انگیجمنٹ پارٹی کی رات مجھے ہسپتال بھاگنا پڑا تھا؟ وہاں

ایک خاتون مس پیرو جا دستور کا انتقال ہو گیا تھا، انھوں نے مرنے سے چند روز قبل اپنی آنکھیں آئی بینک کو ڈونیٹ کرنے کی وصیت کی تھی، لہٰذا ان کے مرتے ہی مجھے فوراً بلا لیا گیا کہ ان آنکھوں کے ڈلے نکال لوں۔ بے حد نرگسی آنکھیں تھیں بے چاری کی، جانے کون تھی، غریب، ایک بہری بڑھیا، پارسن پلنگ کے سرہانے کھڑے بری طرح روئے جا رہی تھی بڑا الم ناک منظر تھا۔۔۔ خیر تو چند روز بعد اس تارا بائی کا ماموں اسے میرے پاس لایا تھا اسے کسی ڈاکٹر نے بتایا تھا کہ نیا کورنیا لگانے سے اس کی بینائی واپس آسکتی ہے، میں نے وہی مس دستور کی آنکھیں ذخیرے سے نکال کر ان کی کورنیا اس لڑکی کی آنکھوں میں فٹ کر دیا، دیکھو کیسی تارا ایسی آنکھیں ہو گئیں اس کی۔ واقعی میڈیکل سائنس آج کل معجزے دکھا رہی ہے۔"

ڈاکٹر صدیقی نے بات ختم کر کے اطمینان سے سگریٹ جلایا، مگر الماس بیگم کا چہرہ فق ہو گی۔ اخورشید عالم لڑکھڑاتے ہوئے اٹھ کر جیسے اندھوں کی طرح ہوا میں کچھ ٹٹولتے اپنے کمرے میں چلے گئے۔ تارا بائی ان کی کیفیت دیکھ کر بھاگی بھاگی اندر جاتی ہے، صاحب پلٹ کر باؤلوں کی طرف اسے تکتے ہیں۔ تارا بائی کی سمجھ میں کچھ نہیں آ رہا تھا، وہ بوکھلائی ہوئی باورچی خانے میں جا کر برتن صاف کرنے میں مصروف ہو جاتی ہے، دور برج خموشاں پہ اسی طرح گدھ اور کوّے منڈلا رہے ہیں۔

کاگا سب تن کھائیو چن چن کھائیو ماس
دوئی نیناں مت کھائیو پیا ملن کی آس

* * *